깃털 떠난 고양이에게 쓰는 편지

깃털

떠난 고양이에게 쓰는 편지

클로드 앙스가리 지음 · 배지선 옮김

책공장더불어

차례

1 나는 네게 네가 읽지 못할 편지를 쓴다. _ 6

2 우리는 고양이를 소유하지 않는다. 소유할 수 없다. 그저 흠모할 뿐. 나는 너를 흠모했다. _ 10

3 이건 사랑에 관한 이야기이기 때문이다. 상호적이고, 깊고, 부드럽고, 한결같은. 어떤 사랑에 관한 것이다. 삶에서, 죽음에서. _ 16

4 마치 내가 너를 오랫동안 기다려 온 것처럼 가볍고 부드럽게 너는 내 삶에 들어왔다. _ 22

5 상호적 입양. _ 28

6 고양이도 사람처럼 그들의 욕망의 프리즘을 통해 세상을 본다. _ 34

7 사랑은 계산되지 않는다. 너는 군림했으므로 이런 일에는 별로 신경을 쓰지 않았다. _ 40

8 나는 너의 눈동자를 통해 세상을 발견하고, 네가 이해하는 방식으로 이 세상을 이해해 보고 싶었다. _ 44

9 하지만 부재임에도 뚜렷한 현존. _ 50

10 이렇게 화해하고. 행복해지고. _ 56

11 이 추억에 왜 이토록 감정이 복받치는지 모르겠다. 발코니에서, 삶에 주의를 기울이며 고개를 돌리는 너. _ 62

12 이 세상에 오는 순간부터. 우리는 태어나면서 삶이라는 죽음의 병에 걸린다. _ 72

13 나는, 네가 떠난다면, 나의 온전한 한 부분도 너와 함께 떠날 것을 알고 있었다. _ 78

14 일상의 섬세한 증인인 반려동물에게 우리가 얼마나 마음으로부터 깊이 묶일 수 있는지를 고백하는 것에는 어떤 부끄러움도 없다. _ 86

15 예수의 죽음이든, 한 고양이의 죽음이든, 죽음은 살아 있는 사람의 마음속에 같은 고통을 안겨 주며, 적어도 죽는다는 것에 대해서만큼은 같은 고뇌이다. _ 92

16 살아 있는 사람의 마음은 죽은 이의 진정한 무덤이다. 유일한 무덤. 내가 사는 한 너는 내 안에서 산다. _ 96

17 이해받지 못할 것이 두려워서 포기했다. 두려운 건 비웃음보다는 몰이해. 사랑은 절대로 우스꽝스럽지 않다. _ 102

18 너의 삶을 연장하기 위해, 너를 계속 사랑하기 위해. _ 110

19 모든 존재는 유일하다. 대체될 수 없는. 잊을 수 없는. _ 116

20 그러나 삶에 남아서 어떻게 죽은 이들을 만날 수 있을까? _ 124

역자후기 나의 깃털, 그녀와의 만남 _ 130

나는 네게 네가 읽지 못할 편지를 쓴다.

1

빈 집에 밤이 드리웠다. 검은 하늘엔 별 한 점 반짝이지 않는다. 넌 이제 여기 없다. 언제나 있던 네가. 내가 있는 곳 어디에서나 널 찾을 수 있었는데. 바로 곁에서.

나는 네게 네가 읽지 못할 편지를 쓴다. 너는 글을 읽을 줄 몰랐다. 쓸 줄도 몰랐다. 너는 세상의 신비한 의미들을 풀었다. 뜬 눈. 감은 눈. 끝없는 지혜의 깜빡임. 무한하고 겸손한. 너는 천체의 움직임과 새들의 언어를 알았다. 너는 침묵을 들었다.

고통을 속이고 슬픔을 진정시키기 위해 쓴다. 너의 삶, 우리 둘의 엮인 삶을 불러내기 위해. 네가 죽었다는 걸 견딜 수 없기에, 나는 쓴다. 너를 잠시라도 다시 태어나게 하려고. 너무나 약한 글쓰기의 힘을 빌려서. 낱말들 그저 낱말들일 뿐. 가느다란 깃털 한 오라기. 우리는 죽음을 극복하기 위해 쓴다.

네가 읽지 않을 이 편지를, 지금 내 마음을 이해할 수 있고, 8년의 시간을 따라 엮인 우리 관계의 깊이와 미묘함을 이해할 수 있는 이들에게 부친다. 행복했던 세월. 경쾌했던 세월. 깃털 같은 세월.

나는 이 편지를 인간중심주의에 젖은 채, 인간이 세상의 중심이라 확신하며 거만한 허영심에서 나오는 비웃음을 입가에 물고 "그냥 고양이일 뿐이잖아."라고 던지듯 말하는 모든 회의적인 사람들에게도 부친다.

암고양이 하나. 여자 하나. 사랑 이야기 하나.

빈 집에 밤이 드리웠다. 검은 하늘에는 별 한 점 반짝이지 않는다. 네게 글을 쓰려 하는 서재에 전등 빛이 비친다. 내가 일하고 있을 때, 너는 전등 불빛 아래 따뜻한 곳, 내 손이 닿는 곳에 돌돌 말고 자리를 잡고는 했다. 털 뭉치의 부드러움을 느끼려면 그저 손을 내밀기만 하면 되었지. 너는 빛을 대부분 흡수해 버렸다. 그것 때문에 너를 밀어내거나 타박하지 않았다. 네 존재가 빛이었으니까.

너는 내 글쓰기의 동반자였다. 나는 너를 깃털(Plume, 쁠륌)이라 불렀다. 이 이름은 네게 정말 잘 어울렸다. 펜 같은 깃털. 새 같은 깃털.

네가 곁에 없는 지금, 우리가 행복한 시간을 나눴던 이 집 곳곳에 남겨진 소리 없고 보이지 않는 네 발자국의 흔적을 따라가고 너를 불러내기 위해 깃털(펜)을 쥔다.

우리는 고양이를 소유하지 않는다.
소유할 수 없다. 그저 흠모할 뿐. 나는 너를 흠모했다.

2

모든 것은 길에서 시작되었다. 3월의 어느 날. 이전에
도, 우리의 시선이 마주친 날들이 있었다. 어느 집 정원에
서 너를 보았다. 동네 고양이들 사이에 새롭게 나타난 너.
잿빛과 흰빛의 털. 감정을 강렬하게 움직이게 하면서도
부드러운 시선. 멋진 눈. 네 곁을 지나가는 동안 너 역시
나를 바라보았다.

어느 일요일이었다. 서늘한 3월의 일요일. 나는 길에
있었다. 나의 삶은 추웠다. 아버지의 죽음에 슬퍼하고 있
었다. 너는 이웃집 담장에 앉아 있었고, 그 집 고양이처

럼 보였다. 담장에 웅크린 채 목에 빨간 목걸이를 하고 있었다.

네게 말을 걸고 만지려 했다. 너는 다른 고양이처럼 조금 무서워했다. 나는 날 따라오도록 너를 부추기면서 너를 유혹하려 했다. 놀랍게도 너는 나를 따라 길을 건너고 작은 육교도 함께 건넜다. 열린 대문 앞에서는 망설임조차 없었다.

네 주인이 너를 기다리고 있다고 확신했기에 너와 잠시 함께 있으려는 것말고 다른 생각은 없었다. 3월의 추운 어느 일요일, 다정함의 한 순간. 오후가 끝날 무렵의 작은 행복.

우유 한 그릇을 주었다. 너는 마지막 한 방울까지 핥아먹었다. 참치 한 캔을 제안했다. 너는 그것도 전부 먹었다. 집 안은 아늑했다. 내 친구도 그날의 발견, 우리의 만남에 함께했다. 너는 강하고 부드러운 눈으로 우리를 자세히 살폈다. 우리는 너를 지켜보다가, 네 집으로 돌아갈 수 있도록 어둠이 드리워진 곳으로 너를 내놓았다. 그날 밤 길에서 고양이 울음소리를 들었다. 나는 너를 생각하느라 잠을 이루지 못했다.

다음 날 아침 덧창을 열자 네가 보였다. 반짝이는 흰빛과 잿빛의 작은 털 뭉치, 동그랗게 말고 잠든 완벽한 동그라미, 내 창 앞, 정원의 풀밭 위. 바로 거기서 너는 밤을 보낸 것이다.

너를 발견한 느낌을 어떻게 말로 표현해야 할지 모르겠다. 격렬한 가슴의 통증. 깊은 연민에 뒤엉킨 격한 애정. 네게는 저항 할 수 없는 매력이 있었다. 경계심 없이 잠이 든 채 버려진 너.

너는 집에 다시 들어왔다. 다시 우유를 할짝거렸고 참치를 먹었다. 너는 자리를 잡기 시작했다. 그날 밤 너를 다시 밖에 내놓는 것은 정말 힘들었다. 너를 위한 것이라 생각했다. 너는 주인이 있다고 믿었기에, 내게는 너를 데리고 있을 권리가 없다고 생각했기에.

그런데 너는 주인이 없었다. 고양이에게 주인이 있던
가? 소유주? 우리는 고양이를 지배하지 못한다. 우리는
고양이를 소유하지 않는다. 소유할 수 없다. 그저 흠모할
뿐. 나는 너를 흠모했다.

이건 사랑에 관한 이야기이기 때문이다. 상호적이고, 깊고,
부드럽고, 한결같은. 어떤 사랑에 관한 것이다.
삶 에 서 , 죽 음 에 서 .

3

사랑의 시작을 어떤 말로 할 수 있을까? 이건 사랑에
관한 이야기이기 때문이다. 상호적이고, 깊고, 부드럽고,
한결같은. 어떤 사랑에 관한 것이다. 삶에서, 죽음에서.

너를 처음 본 순간부터 너를 사랑했지만, 사랑이 스스
로를 인지한 어떤 순간이 있었고, 사랑은 확신이 되었다.
너를 다시 밖에 내놓은 두 번째 밤, 내가 너를 사랑한다는
것을 알았다.

그날 밤 비가 왔다. 그런데 너는 다른 거처를 찾아 떠

나지 않았다. 문 앞, 현관 지붕 밑에 남아 있었다. 그리고 밤새도록 규칙적으로 울었다. 자그마한 고양이의 울음, 아이의 탄원. 고집스럽고 애절한 원망.

나는 잠에 들지 못했다. 설핏 잠에 들라치면, 내 심장이 나를 흔들어 깨웠다. 네 울음소리를 들을 때마다 가슴팍 어딘가가 꽉 쥐어 왔다. 가장 깊은 가슴속에서의 동요. 마침내 너를 다시 찾았을 때, 애정으로 넘쳐났다. 네 목소리를 들으며 내 존재 자체가 동요했다. 지난 밤 빗속, 너의 고집스럽고 애절한 원망.

다음 날 아침, 네게 문을 활짝 열었다. 내가 너를 더 이상 떠나지 않을 것임을 마음속 깊이 알고 있었다.

너를 맞이하기 위한 준비는 아무것도 되어 있지 않았다. 내 마음을 제외하고는 아무것도. 나는 친구와 함께 너의 입양을 준비했다. 매우 일상적이고 단순한 일의 기쁨을 어떻게 설명할 수 있을까? 벅차오르는 설렘으로 마트에 갔다. 탄생과도 같은 벅찬 기쁨. 먹을거리와 이런 저런 그릇, 고양이가 살기 위해 필요한 모든 것으로 자동차를 꽉 채워 집으로 돌아왔다.

너는 너무 예뻤다…. 회색과 흰색의 풍성한 털. 등에는 진한 회색과 연한 회색의 두 무늬. 가슴과 배는 순결한 색, 눈의 하얀색. 동그라면서도 갸름한 머리. 기다란 귀. 이마로 내려오는 검은색에 가까운 줄무늬. 아몬드 모양의 긴 포도씨처럼, 커다란 황녹색의 눈. 눈 화장을 한 것처럼 검은색 테를 두른 눈은 볼에 있는 진한 회색의 줄무늬로 더 강조되었다. 하얀 입가. 분홍색의 입술과 작은 코. 그리고 극단적으로 섬세한 오른쪽 콧구멍 위의 까만 점은 18세기 후작 부인 같은 분위기를 주었다.

너는 너무나 예뻐서, 나는 내 행복을 감히 믿을 수가 없었다. 나는 너를 거두기에 부족하다고 느꼈다. 양심에 따라, 네가 정착하던 날, 나는 혹시 모를 너의 주인을 찾기 시작했고 신문에 광고를 냈다. '빨간 목걸이를 한 흰색과 회색 털의 암컷 고양이 발견'. 나는 초조하게 전화를 기다렸다. 전화가 많지는 않았다. 구체적인 모습이 너와 일치

하지 않자 나는 안도했다. 우리의 이야기는 계속될 수 있
었다.

마치 내가 너를 오랫동안 기다려 온 것처럼
가볍고 부드럽게 너는 내 삶에 들어왔다.

4

네가 어디서 왔는지 내게는 여전히 수수께끼로 남을 것
이다. 네 '상태'가 나를 혼란스럽게 했다. 너를 길에서 발
견했을 무렵, 너는 꽤 통통했다. 그런데 쓰레기통을 뒤지
는 모습을 보기도 했다. 그런 너를 내가 놀래킨 적도 있었
다. 도드라지게 동그랗고 실하게 통통한 몸은 어디서 온
걸까? 길거리에 살면서 오동통한 너는 수수께끼였다.

네가 새끼를 품고 있을지도 모른다는 생각이 머리를 스
쳤다. 새끼 고양이들이 태어나면 입양은 복잡해질 가능성
이 있었다. 새로 온 젊은 수련의는 임신이 확실하다며 이

행복한 사건의 날짜까지 점쳐 주었다. "곧, 그러니까 한 14일 정도."라며 날짜를 정확히 말했다.

　당시 우리의 불안을 너는 짐작도 할 수 없을 거다. 우리는 너를 내 어머니 집에 맡기고 로마로 떠나야만 했다. 새끼 고양이들이 곧 태어날 거라는 예고에 불안했던 어머니. 3월 8일 세계 여성의 날에 너를 입양했는데 너는 우리에게 부활절에 병아리가 아닌 새끼 고양이들을 약속했다.

　나는 네게 "나는 있는 그대로의 너를 받아들이고 입양했다."고 사랑의 열정으로 약속했다. 그러나 로마에서 나는 비로소 이 말의 중대한 의미를 깨달았고, 테르미니 역에서 어머니에게 전화를 걸었다. "새끼가 태어났어요?"

　새끼는 없었다. 너는 이미 중성화수술이 된 상태였고, 새끼를 가질 수 없다는 게 이유였다. 우리는 아무도 거기까지 생각이 미치지 못했었다. 우리는 생명의 탄생을 불안감과 함께 기다렸다. 그러나 한 달 후, 안도감과 함께

이 일은 마무리되었다.

일은 마무리되었지만, 어떤 사람들은 너의 통통함과 깃털의 가벼움 사이의 격차를 우스워하며 네 이름 깃털을 놀려댈 만큼 너는 여전히 동그랗고 토실토실했다. 나는 그들에게 연필과 볼펜에 대한 너의 애정과 글쓰기에 대한 나의 애정 때문에 네게 깃털이라는 이름을 지어 주었다는 사실을 설명하지 않았다. 어떤 때는 우스워하는 사람들에게 "깃털, 그건 반어법이야."라고 말하기도 했다.

토실하지만 굶주린 채로 너는 내 삶에 들어왔다. 마치 내가 너를 오랫동안 기다려 온 것처럼 가볍고 부드럽게 너는 내 삶에 들어왔다. 네게 내 보호가 필요했던 만큼이나 내겐 네 존재가 필요했다. 모든 위험에 노출되어 있던 길고양이에서 너는 이제 집고양이가 되었다. 엄격한 감시 아래. 나는 너를 잃어버릴까 봐 네가 떠나 버릴까 봐 너무 무서웠다. 누군가가 너를 내 사랑에서 채어가 버릴까 봐 비밀스럽게 두려움에 떨었다. 너를 너무도 사랑해서, 나는 너의 아름다움에 유혹된 누군가가 너를 유괴하는 모습까지 상상했다. 삶이 내게 준 선물의 정당한 수여자로 나를 받아들이기까지 몇 달, 몇 년이 필요했다. 보이지 않는 사람의 선물, 내 아버지의 선물.

상   호   적   입   양   .

5

첫날부터 우리의 화합은 쉽고 자연스러웠다. 나는 우리가 서로를 길들인 장소와 순간을 정확히 기억한다. 네가 오던 날 오후, 내 방. 나는 어떻게 하면 너와 친해질 수 있을지 스스로에게 묻고 있었다. 네가 새로운 거처를 탐색하는 동안, 나는 침대에 누워서 너의 행동을 관찰할 생각이었다. 너는 곧 내게 다가왔다. 가슴 위로 뛰어올라와, 두 발은 내 턱 아래, 코는 내 코 옆에 두고 내 심장 위에 누웠다. 너는 아주 힘차게 갸르릉거렸고 나는 그게 너무나 좋아서 눈물이 흐를 뻔했다. 갸르릉 소리에 맞춰서 너를 쓰다듬는 고요함 속에서, 우리 사이에 금방 엮인 너무

29

나 부드럽고 너무나 다정했던 유대의 끈을 생각하면서 나는 눈물을 흘린다.

너무나 강한 유대였기에, 방 침대나 거실의 소파에 내가 누울 때마다 보내는 신비로운 부름에 너는 저항하지 못했다. 마치 너는 보이지 않는 것을 인지하는 것처럼 다른 방에서부터 달려와 내 가슴 위에 널브러졌다.

네가 집에서 지내게 된 그날부터 나를 찾아내 다가오는 자연스러움과 자기 자리를 만들어 가는 네 태도에 경탄했다. 첫 시선부터 내 마음의 주인이었던 너는 빠르게 집 안 곳곳의 주인이 되었다. 소파에 앉아 있는 모습, 피아노 의자 위, 침대 위에서 동그랗게 말고 잠이 든 네게는 여왕의 위엄이 있었다. 곳곳은 전부 네 것, 너는 우아한 주군의 위엄으로, 절대로 아무것도 깨뜨리지 않고 선반 위를 돌아다녔다. 일을 마치고 나면 나는 네 집에 들어간다고 생각했다. 너는 나를 네 집에 맞이했다. 네가 여왕이 된 왕국에 나는 스며들었다.

단 한 번, 너는 집을 버렸다. 입양 초기였다. 정기검진 날. 그저 평범한 검사였는데 네게는 어떤 끔찍한 과거의 기억이 새겨져 있었던 것 같다.

진료를 마치고 버드나무 광주리에 너를 넣은 채 병원을 나서서 자동차로 걸어가고 있는데 갑자기 너는 온 힘을 다해 바구니를 고정하는 고리를 끊어 버리고는, 네가 낼 수 있는 가장 빠른 속도로 길을 건너 내 시야 밖으로 사라져 버렸다.

각 집의 현관을, 주차되어 있는 차 밑 구석구석을 살폈다. 주변의 다른 길들도 훑었다. 차를 타고서 밖을 바라보며 너를 찾으려고 애썼다. 아무것도 보이지 않았다. 너를 잃어버렸다는 절망에 사로잡혔다. 어머니도 너를 찾아 나섰다. 친구는 전화로 탐문을 했다. 겁에 질린 어머니들. 네 실종은 영원과도 같았다. 몇 분이 몇 시간 같았다. 아무리 찾아도 너를 찾을 수 없었다. 마침내, 어떤 길목 끝에서 입가에 미소를 띤 채 나를 향해 큰 손짓을 하는 어머니를 보았다.

어머니는 이웃집 담장 위에 있는 너를 막 발견한 참이었다. 병원에서부터, 너는 네 힘으로 우리 동네로 돌아온 것이다. 너는 나를 기다리고 있었다. 부드러움이 넘치는 네 표정에서 너 또한 나를 선택했다는 것을 결국 깨달았다. 상호적 입양.

그것은 우리의 8년 동안의 삶에서 너의 유일한 가출이었다.

고양이도　사람처럼　그들의
욕망의　프리즘을　통해　세상을　본다.

6

집 문턱을 한 번 넘어선 후, 너는 부엌에서 집 탐색을 시작했다. 한 그릇의 우유와 참치 캔은 너를 유혹하기에 충분했다. 어쩌면 목소리의 부드러움, 몸짓에 스민 따스함이 너를 안심하게 만들었을지도…. 너는 배가 고픈 채로 와서 양껏 먹었다. 너는 환영받고 있다고 느꼈을 거다.

부엌은 금방 네가 선호하는 장소 중 하나가 되었다. 내가 일어나면 너는 나를 앞서 부엌으로 향했다. 침대에서 일어나 부엌으로 향하는 내 움직임을 너는 네 밥을 준비하는 것으로 해석했다. 고양이도 사람처럼 그들의 욕망의 프리즘을 통해 세상을 본다.

　재촉을 가득 담고서 주위를 끊임없이 맴돌고, 울음소리
에 힘을 가득 실어서 너는 밥을 요구했다. "미야옹 미야
옹…." 냉장고 위에 자리를 잡고, 개수대를 서성이고, 식
탁 위에 진을 치고. 너는 내 몸짓에서 네 밥을 준비하는
의례적인 행동을 보았다. 너는 틀리지 않았다. 나는 네 밥
을 준비하는 것으로 나의 하루를 시작했으니까.

　우리의 삶에서 매일 나는 네 그릇을 씻고, 물과 우유를
그릇에 붓고, 먹다 남은 캔을 찾거나 신선한 생선, 정성스
레 고른 고기를 찾기 위해 냉장고를 열었고, 네 취향에 맞
춰 준비된 음식을 꺼내려고 찬장을 열었다.

　네 밥에 대한 생각으로 하루가 시작되었다. 내가 마실
찻물을 끓이려고 성냥에 불을 붙일 때도 종종 내 손은 아
직 젖어 있거나, 네가 먹을 생선의 가시를 세심하게 바르
느라 밴 냄새가 살짝 풍기기도 했다. 너를 먹인 후에야 나
는 내 아침을 준비했다.

점심과 저녁에도 같은 시나리오가 반복되었다. 우리는 같은 리듬으로 밥을 먹었다. 내가 식탁에 앉아서 밥을 먹는 동안 너는 바닥에 놓인 네 그릇에서 네 몫을 맛보았다. 너는 찬장 선반에 놓인 커피머신 옆에 앉아서 내가 밥을 먹는 것을 자주 지켜보곤 했다. 내 행동에 주위를 기울이는가 하면, 네 세상에 잠기기도 하면서. "나의 깃털", 너를 부르면, 우리의 시선이 마주치곤 했다. 눈을 깜박이면서 너는 나를 은밀한 공모자로 간주했다. 때때로 나는 네가 식탁에 올라오는 것을 허락했다. 사실 네가 스스로 허락했다! 네게 나쁜 습관을 들이지 않으려고 주는 선물, 바닥에 놓인 네 그릇에 담아 주는 맛있는 연어향이 나는 사료를 너는 조용히 기다리고는 했다.

또한 종종, 특히 저녁에 식탁에 진을 치고서는 먹을 것을 달라고 소리치는 일이 있었다. 그럴 때면 나는 가끔 네 요구를 전혀 이해하지 못하는 얼굴로 복도를 휙 지나가기를 즐겼다. 그럴 때면 너는 내가 절대로 잊을 수 없는 얼굴을 하고서 나를 바라보았다. 애절하게 놀란 얼굴로 고개를 왼쪽, 오른쪽으로 기울이면서 시선은 계속 내 움직임을 쫓았다.

　네가 선호하는 것은 비싼 저장 음식보다 신선한 생선과 날고기였다. 무엇보다도 새우를 좋아했다. 미치도록 좋아했다. 새우 메뉴가 있는 날에는, 새우를 달라고 끊임없이 보채는 너랑 새우를 나눠 먹지 않는 것은 불가능했다. 찬장 모서리에 앉아서, 식탁에 앉은 사람의 어깨를 작은 손짓으로 꾹꾹 누르면서 끊임없이 요구했다. 초대된 이들은 재미있어 하기도 하고, 내색하지 않은 채 성가셔 하기도 하면서, 결국은 네 줄기찬 요구에 굴복하고는 했다. 너는 깊이 만족한 듯 새우를 아삭 베어 물었다. 의기양양한 모습으로. 작은 승리가 아니었으니까.

사랑은 계산되지 않는다. 너는 군림했으므로
이런 일에는 별로 신경 쓰지 않았다.

7

집을 통틀어 하나의 공간, 부엌과 직접적이고 논리적인 관계, 즉 원인과 결과라는 자연적인 관계를 이루고 있는 작은 공간이 있다. 그러니까 우리가 친근하게 '작은 구석'이라고 부르는 곳에 대해 말하고 싶다. 왜 그곳을 직접 말하지 않을까? 점잖음이나 가식적인 신중함 때문일까? 이 소박한 장소, 우리가 여러 해 동안 함께한 공동의 삶의 장소, 우리의 필요를 해소하던 그 장소를 왜 떠올리지 않을까?

네 화장실 모래는 그곳의 왼쪽 끝에 놓여 있었다. 너는 하루에도 여러 번 그곳을 드나들었고, 때때로 그곳에서 나와 만나기도 했다. 함께라는 것에 마음이 짠해지는 순간, 얼마나 자주 우리는 함께 일을 봤을까? 우리가 삶을 나누기 전에는 생각조차 할 수 없었던 우리 몸이 화음을 맞추던 순간.

깨끗함에 대한 분명한 욕망으로 너는 있는 힘을 다해 손으로 모래를 박박 긁고, 화장실 벽과 바닥을 번갈아 긁어대면서 청소에 집착했다. 그리고 나는 네 건강에 대한 염려로 네가 생산해 낸 것들을 찬찬히 살폈다.

집이라는 한정된 공간에서 나누는 삶은 이런 종류의 친밀함도 나누게 했다. 친밀함과 조심스러움. 친밀함과 존중. 물론 그곳에서도 나는 네 뒤치다꺼리를 하는 입장이었다. 네가 내 뒤치다꺼리를 해주는 일은 없었다.

지난 8년 동안, 나는 얼마나 많은 모래를 사고 얼마나 자주 집으로 그것들을 날랐을까? 몇 번이나 네 화장실을 닦고 냄새방지제를 뿌리고 다시 새 모래를 부었을까? 모르겠다. 사랑은 계산되지 않는다. 너는 군림했으므로 이런 일에는 별로 신경 쓰지 않았다. 종종 너는 이 비밀 구석에서 볼일을 보고 난 후 정신 나간 듯 아파트를 뛰어다니고 서재로 달려들고는 했다.

나는 너의 눈동자를 통해 세상을 발견하고
네가 이해하는 방식으로 이 세상을 이해해 보고 싶었다.

8

책으로 둘러싸인 방에서 너는 동이 트는 순간을 살피
었다. 창가 근처, 가장 높은 선반 위에 둥지를 틀고. 어
떨 땐 낮에도, 마치 선원이 망루로 돌아오듯이 그 자리로
돌아오곤 했다. 하늘과 바다를 바라보려고. 고정된 시선,
꼿꼿이 선 귀, 긴장한 입, 너는 이렇게 열정어린 관심으로
무엇을 관찰하고 있었던 걸까? 아마도 날아오르는 갈매
기, 구름의 춤, 다리 위를 지나가는 자동차, 항구에서의
돛대의 흔들림.

우리는 고양이의 시선에 대해 무엇을 알까? 인간의 무

지와 동등한 것은 인간의 어리석음밖에 없다. 우리는 고양이는 색을 인지하지 못하고 세상을 회색으로만 본다고 주장하는 데까지 나아간다. 이에 대해서 나는 전혀 모르겠다. 나는 네가 풍경에서 인간의 눈으로는 볼 수 없는 색조와 분위기를 보았다고 믿고 싶다.

너는 잡을 수 없는 먹잇감인 새들을 몇 시간이고 바라보고, 삶의 미세한 떨림도 몇 시간이고 기다리고, 마치 선장처럼 하늘과 바다와 항구의 모든 움직임을 감시하는 데 몇 시간이고 보냈다. 너의 비밀스런 기호에 따라 세상을 해석하면서.

나는 너의 눈동자를 통해 세상을 발견하고 네가 이해하는 방식으로 이 세상을 이해해 보고 싶었다. 신비한 세계의 문을 열기 위해서 너는 내가 절대로 가질 수 없을 열쇠를 가지고 있었다. 눈을 동그랗게 만들면서 혹은 눈꺼풀을 깜박이면서 너는 나보다 멀리 보았다. 너의 시선은 좀 더 정확하고 좀 더 날카롭고 좀 더 깊었다. 너는 내가 볼 수 없는 것들을 포착했다.

높은 곳을 사랑하고 현기증을 모른 채, 너는 내가 '산'이라고 불렀던 곳에 올라갔다. 너만의 히말라야에 자리를 잡고, 어떤 침해도 받지 않을 곳에서, 어떤 방해나 위험에도 노출되지 않고, 현자로서 평정을 찾는 데 몰두하거나, 게으름뱅이로서 낮잠의 유혹에 열중했다. 옷장 꼭대기 가방 위에 둥지를 튼 후 동그랗게 몸을 말고 오래도록 있었다. 어찌나 가방에 몸을 딱 맞추는지 때때로 보이지 않을 때도 있었다. 그러면 그곳에 잘 있다는 것을 확인하려고 나는 조용히 의자에 올라서고는 했다.

산에 오르기는 우리들의 놀이가 되었다. 중간 높이의 가구에 올라가기 위해 너는 의자를 요구했다. 그런 다음 가구에 올라가면, 용감하게 옷장 위로 몸을 날렸다. 시간이 지나면, 이번에는 내려오기 위해 내 팔의 도움을 청했다.

너는 낮에 자주 세상의 지붕으로 물러났다. 특히 오후에 자주. 저녁과 밤에는 드물게. 우리가 함께 산 지난 8년 동안 너는 단 며칠만 옷장 위의 가방 위에서 고독한 밤을 보냈을 뿐이다.

왜냐하면 너는 내가 그랬듯 내 곁을 끊임없이 찾았으니까. 고독한 저녁과 밤은 평생 몇 번뿐이었다. 밤이면 너는 늘 내 곁을 찾았다. 서재는 우리의 약속 장소 중 하나였다. 밤이 오고 책상에 앉으면, 나는 팔만 뻗으면 너의 부드러운 털 뭉치에 닿을 수 있었다.

책상 전등 밑에 자리 잡고 넌 내 곁에 머물렀다. 넌 전구가 뿜는 열기, 내 애정과 내 손길의 부드러운 쓰다듬을 좋아했다. 그렇다고 네가 내 서류를 흩뜨리는 일은 없었다. 뜨거워지는 전구의 빛을 네가 대부분 흡수해 버렸지만, 너를 옮길 생각은 하지 않았다. 너의 소박하고 분명한 존재감이 나를 밝혀 주었기 때문이다.

네가 내 무릎 위에서 갸르릉거릴 때면 나는 너의 음악에 맞춰 단어와 문장을 나열했다. 너의 가장 큰 즐거움은 내 어깨 위로 기어 올라와 내 목에 네 몸을 둘러 애정의 스카프를 감는 것이었다. 나는 너를 두르고 글을 쓰면서 가능한 한 오래 버티었다. 그러다가 목이 너무 아프면 너를 방해하지 않기 위해 등을 구부린 채 자리에서 일어나

그 자세 그대로 방으로 걸음을 옮겨, 최대한 조심스럽게
너를 내 등에서 침대로 내려놓았다.

하 지 만 부 재 임 에 도 뚜 렷 한 현 존 .

9

  우리는 수많은 행복한 시간을 우리의 내밀한 방에서 보
냈다. 침대 속, 가장 따뜻한 애정! 밖에는 비가 오고 바람
이 불고 눈이 내린다. 그 서슬 퍼런 것들은 침대보 비밀
속에 똬리를 튼 우리의 애정 앞에서 굴복했다. 내 몸에 닿
는 털 뭉치는 돌풍, 폭우, 겨울과 밤을 멀어지게 했다. 세
상의 차가움은 우리의 부드러운 맞닿음의 따스함에 녹아
버렸다.

  내가 침대에 자리를 잡으면 나를 향해 달려오는 너, 있
는 힘껏 달려오는 네 발이 눈에 들어온다. 뛰어오른 너는,

네 방식대로 독서의 시간을 준비한다. 내 심장 위에 드러누워서 내 목 위에 발을 올리고 입을 내 코에 댄 채 열정을 다해 갸르릉거렸다. 나의 애정에 전적으로 몸을 맡긴 채로. 그런 너를 부드럽게 오랫동안 쓰다듬었다. 너는 절대로 만족을 몰랐고 나는 싫증을 몰랐다.

나는 책을 읽으려고 감히 너를 밀어내지 않았다. 내가 밀어냈어도 너는 이해하지 않고 금방 또 내게로 와서 내 목에 발을, 내 코에 입을 대고 자리를 잡았을 것이다. 사실 나는 네가 곁에 있는 것에 매우 잘 적응했다. 너의 협조 아래 나는 너의 등을 책 받침대로 썼다…. 네 머리와 긴 귀가 페이지에 펼쳐져 문장이 끊기는 책을 나는 얼마나 읽었을까? 내 심장의 리듬에 음악적으로 완벽히 맞추어진 너는 따스한 존재감으로 나의 모든 독서에 함께했다.

주말, 방학에 우리는 자주 셋이었다. 너, 내 친구, 나. 애정의 트리오. 세상의 폭력 속, 작고 부드러운 섬. 목이 잘려 죽은 여성들, 잔인하게 살해당한 아이들, 서로 죽이는 남자들에게서 멀리 떨어진.

두 여성과 한 마리 암고양이. 세상의 야만적 공포 속, 사랑의 둥지. 우리는 둘이었고 우리는 셋이었다. 우리는 서로 사랑했다. 남성들의 살인적 광기, 더러운 공포 속 순결한 섬. 사랑의 힘. 우리는 서로 사랑했고 너는 거기 있었다. 부드러웠던 세월, 경쾌했던 세월, 깃털 같은 세월. 우리는 서로 사랑했다. 너는 이제 없다. 하지만 부재임에도 뚜렷한 현존.

내 기억 속에서 너는 선명한 나의 작은 부드러움, 나의 따뜻함, 나의 즐거움, 나의 장난꾸러기, 나의 친구. 친구와 내가 침대보를 갈고 침구를 정리하는 동안, 너는 혼자서 침대를 차지하고는 했다. 숨바꼭질을 하느라 몸을 숨기기도 했다. 그러다가 사냥의 꿈에 들떠 웅크린 채 위협적으로 뛰어오를 준비를 하기도 했다. 그럴 때는 다리 쪽에 손을 대서는 안 되었다. 너는 다정함 그 자체였다. 너는 한 번도 나를 할퀴거나 물지 않았다. 그 다정함.

그리고 또한 현명함. 너는 아침이면 다리를 끌어모아 웅크리고 수염도 움직이지 않고 햇빛 아래 침대에서 몇 시간이고 머무르며 명상을 했다. 어떨 때에는 자려고 웅크린 몸이 마치 동그라미, 순수한 행복덩어리 같았다. 의심 없이 아무런 구애도 받지 않고 너의 세계에서 거기 그렇게 있었다. 네가 할퀼지도 모른다는 두려움 없이, 다리 사이의 부드러운 털 뭉치에 입을 맞추었다. 너는 나를 사랑했다.

가끔, 너는 옷장에 올라가기 위해 침대를 떠나서, 창을 통해 바깥세상을, 활기 넘치는 거리의 삶을 지켜보았다. 정원의 풀, 나무와 꽃, 산책하는 사람, 이웃, 새와 고양이, 자유로운 고양이…. 나는 네가 무엇을 느끼는지 알 수 없었다. 가끔 너를 잡아둔 것을 후회하곤 했다. 그러나 너는 절대 불평하지 않았다.

너는 자주 창턱 위로 뛰어올랐다, 카펫에 네 발자국이 남겨지곤 했다. 그러고는 창턱에 조심스럽게 자리를 잡았다. 그런 너를 보며 현기증을 느꼈다. 네가 허공으로 뛰어들까 봐 두려웠다. 그러나 너는 삶을 몹시도 사랑했다…. 틀어박혀 있으면서도 넌 유혹적이었고 구애를 받았다. 너는 발코니의 줄리엣, 네게는 로미오가 있었다. 가슴께가 하얗고, 하얀 장갑을 낀 검은 고양이. 피르민이라 불리는 멋들어진 소년. 너는 작은 다리를 건너는 그를 바라보았다. 피르민은 사랑을 듬뿍 담은 눈으로 너를 뚫어지게 바라보고는 했다. 오래전 나날들의 친구, 네가 유랑의 삶을 살 때 놀이의 동반자. 안락한 거처인 이 황금감옥 이전의.

이렇게 화해하고. 행복해지고.

10

예전에 읽은 고양잇과 동물을 사랑하는 이들을 위한 책에서, 집고양이는 집이 두 공간으로 나누어져 있으면 행복하게 살 수 있다고 했다. 누가 다른 이의 행복에 대해서 말할 수 있을까? 더구나 그가 다른 종에 속한다면? 나는 고양이의 행복은 마음대로 오가는 자유, 먹고 잘 수 있는 안식처, 마음대로 뛰어다닐 수 있는 자유로운 공간을 가지는 것이라고 생각했다. 여전히 그렇게 생각한다. 고양이의 행복에 대한 이런 생각 때문에 나는 오랫동안 동물과 함께 살려는 생각을 하지 않았다. 어떤 고양이 하나를 불행하게 만들까 봐 두려웠다.

네가 나타나서 네 존재를 각인시키고, 내가 저항할 수 없게 만든 날 이전까지는. 입양 초기에는 산책용 줄에 묶거나 가슴줄을 해서 산책을 해보려고 했다. 마치 개처럼…. 하지만 이런 시도는 너를 행복하게 하지 못했다. 좀 더 강하게 요구하고 애썼어야 했을까. 너를 시골에도 데려갔다. 하지만 너는 당황해서 수풀에 몸을 숨기거나 나무 위로 올라가려고만 했다.

결국 나는 세상의 위험으로부터 너를 보호하기 위해 집에 가두었다. 너무 빨리 달리는 자동차. 괴롭히는 아이들. 물 준비가 되어 있는 개. 정원의 잔디를 망가뜨리는 모든 생명에게 독을 뿌리는 광적인 정원사로부터 지키기 위해.

가끔 너는 커다란 이동장에 편히 앉아서, 마치 마차를 탄 공주처럼 화려하게 집을 나섰다. 내 어머니 집에 가기 위해. 이 사뭇 웅장한 이동은 일 년에 두 번, 봄과 여름 바캉스 때 있었다. 너는 여행 준비를 무척 싫어했다. 항의의 표시로 가방 위나 아예 가방 안에 들어가서 진을 치고는 우리에게 죄책감이 느껴지는 시선을 던지고는 했다…. 가슴이 옥죄는 채로 너를 어머니의 보살핌에 맡기고 우리는 그리스의 섬이나 지중해의 아름다운 곳, 유럽 예술의 도시로 떠났다.

내가 없는 동안 너는 내 어머니의 이층집 방과 여기저기 후미진 곳을 마음껏 탐험하고 돌아다닐 수 있었다. 하지만 너는 그걸 별로 누리지 않았다. 대부분의 시간을 오래된 천으로 덮인 낡은 상자 안에서 잠을 자면서 보냈다. 밥을 먹기 위해, 세상의 이런저런 병적 증세와 소음에 별로 관심이 없는 네가 절대로 보지 않는 TV 앞에서 어머니와 다정한 저녁 한때를 보내기 위해서만 어머니에게 오곤했다.

헤어짐이 어려운 만큼 우리의 만남은 기쁨으로 충만했다. 여행에서 돌아오는 날, 우리가 너를 데리러 가면 대개 너는 뾰로통한 채 어딘가로 숨어들었다. 부드러운 어조로 끈기 있게 너를 쓰다듬으며 설득해야 했다. 그래야 간신히 이동장에 넣어 집으로 돌아올 수 있었다. 버려졌다고 생각했을 시간을 견디어 낸 후, 집에 돌아와서도 네 기분은 좋지 않았다. 어느 정도 시간이 지난 후에야 너는 네 습관을 되찾았고, 집의 주인으로서 부엌으로, 침실로 돌아다녔다. 너의 갸르릉 소리를 다시 듣기 위해서는 새벽까지 기다려야 했다. 이렇게 화해하고. 행복해지고.

갇힌 삶을 사는 네게, 나는 다행히 두 개 이상의 공간을 줄 수 있었다. 부엌, 작은 구석, 네가 별로 머물지 않던 욕실, 서재, 침실. 그리고 가장 큰 공간으로 네가 낮 시간을 보내던 거실. 네 놀이방. 공이나 알루미늄 포일을 뭉친 조각을 던지고 노는 우리의 스포츠 공간. 너는 뭉친 조각을 잡아채서 다시 내게 보냈다. 모든 형태의 핸드볼. 고양이볼 챔피언.

이 추억에 왜 이토록 감정이 복받치는지 모르겠다.

발코니에서, 삶에 주의를 기울이며 고개를 돌리는 너.

11

내가 집을 비울 때면 네가 주로 어디에 머무르는지 궁금했다. 하루는 예정에 없이 일찍 들어오면서, 나는 그 대답을 알 수 있을 것이라 기대했다. 보통 때 내가 집에 들어올 때면 너는 문 주변에서 나를 기다렸다. 그날은, 아마도 너는 내가 돌아오는 것을 느끼지 못했던 것 같다. 햇볕이 한창인 피아노 위에 누워 있는 너를 발견했다. 충만한 행복 속에서 길게 늘어져 있는. 그런 너를 보는 것이 너무 행복해서, 그 순간을 기억하려고 사진을 찍어 두었다.

작은 부처상이 놓여 있는 책장 위, 창문 옆에서 너는 명상을 즐겼다. 네가 하도 현명하고 평온해 보여서 "나의 고양이여, 나는 너를 숭배한다. 너는 적어도 헛된 허영심에 휘둘릴 위험은 없으니까."라고 말하면서 네게 허리를 굽혀 인사하고는 했다. 그러면 너는 동의의 표시로 눈을 깜빡였다.

사실 너는 정신적 지도자가 되는 일 따위에는 관심이 없었다. 하늘 세상사와 땅 세상사의 모든 야망에서 떨어져 한 순간의 축복을 살았고 피아노 위, 아파트 바닥, 쿠션 의자와 소파 위의 햇빛더미에서 작은 행복을 즐기는 너는 순수한 영혼의 평온함을 지녔다.

우리는 긴 의자에서 함께 낮잠을 즐겼다. 너는 두 팔을 반으로 접어서 서로 포개고는 내 코에 네 입을 붙이고 내 심장 위에 누웠다. 그렇게 우리는 잠이 들었다. 너무나 부드럽고 다정한 규칙적인 갸르릉 소리는 나를 평온하게 했다.

너는 다정함이었다. 그리고 연민이었다. 너는 내가 고

통 속에 있는 것을 참지 못했다. 내가 걱정거리가 있거나 슬픔에 잠겨 있을 때, 너는 내게로 왔다. 그 작은 발로 쏜살같이 내게 와서 무릎 위에 앉아 나를 진정시키고는 했다.

내 스스로 심각하게 아프다고 생각했던 어떤 걱정스러웠던 저녁을 기억한다. 너는 비탄에 잠긴 내게 와서는 비비면서 갸르릉거렸다. "걱정하지 마. 내가 여기 있잖아."라고 말하는 것처럼. 내 불안은 해소되었다.

너는 인간들에게 관대했다. 너를 입양하던 때부터, 내 친구는 네게 '바크티(힌두이즘의 중요한 개념 중 하나로 숭배, 신의 사랑, 연민 혹은 신에 대한 순수한 헌신을 뜻한다)'라는 두 번째 이름을 붙여 주었다. 우리에게 너는 '쁠륌-바크티', '깃털-사랑'이었다. 보편적 사랑이라는 상징적 이름. 너는 집에 오는 모든 친구를 환대했다. 친구들의 무릎에 앉고는 했다. 아주 다정하고 끈질기게 손을 핥아서 결국 고양이 혀의 까칠함을 잊어버리게 만들었다.

나는 이 부드러운 행동의 의미에 대해 자주 생각했다. 아마도 너는 인간에 대한 특별한 애정을 이렇게 표현한 것일지도 모르겠다. 너는 내 손과 내 친구의 손을 끈기 있게 열의를 가지고 핥았다! 가끔 나는 네가 우리를 여러 마리의 새끼 고양이로 여기고 돌보는 꿈을 꾸고는 놀라곤 했다. 네 아이들, 그래서 네가 정성을 다해 씻기고 보살피는 거라고.

종종 나는 너를 "꼬마 엄마"라고 부르곤 했다. 내가 너를 보호하는 만큼, 나도 네게서 보호받고 있다고 느꼈다.

인간에 대한 환대와는 달리 너는 다른 동물과 함께 있는 것을 좋아하지 않았다. 절친한 피르민 이외에 동네 고양이나 개가 집을 향해 다가오는 것을 두려운 눈으로 바라보았다. 하루는 친구가 신중하지 못하게 그녀의 복슬강아지를 데려왔다. 너는 바로 공격적이 되었다. 별 수 없이 너를 방에 가두어야 했다. 너는 고통에 찬 비명을 내질렀다. 어느 날 아침, 나는 신중하지 못하게도 이웃에서 발견한 새끼 고양이를 네게 데려오려고 했다. 그때 나는 그 새끼 고양이의 마지막을 보는 줄 알았다. 결국은 새끼 고양이는 다시 돌려보내야 했다. 마음과 집의 주권자로서 너는 어떤 동물도 함께 있는 것을 허락하지 않았다. 나도 네가 질투의 고문을 겪는 것을 바라지 않았다.

사람의 친구, 다른 동물에 대한 경계. 너는 고양이로 살면서 어떤 나쁜 짓도 하지 않았다. 그런데 파리에게는…. 누군가의 선함을 표현할 때 "파리 한 마리도 못 죽일 사람이다."라고 한다. 그런데 너는, 아마도 너는 파리에게만 나쁜 짓을 했다고 말해야 할 것 같다. 어떤 곤충이라도 집에 나타나면 집은 사냥터가 되고, 부드러웠던 너는 동정이라고는 없는 맹수로 돌변했다. 이성을 잃고 윙윙거리며 도망 다니던 먹잇감이 불행하게도 창문에 앉으면, 너는 먹잇감에 최면이라도 걸 듯이 끈질기게 꼼짝도 하지 않고 노려보았다. 운명의 덫에 걸린 먹잇감이 네 입쪽으로 다가오면 너는 유리창에 너의 이쁜 분홍코를 붙이고, 정확한 압력으로 경솔한 파리를 입술로 뭉개서 아작 삼켰다. 그리고는 가장 맛있는 음식처럼 먹었다. 신중치 못한 파리를 삼킨 후에도 파리를 더 찾아다니기도 했다.

만족되지 않은 미식. 지치지 않는 사냥꾼. 만약 네가 시골에서 자유롭게 살았다면 새가 파리와 같은 운명을 겪었을 거라는 생각을 하니 살짝 경련이 일었다.

발코니의 문을 열면 너는 날아오르는 새를 바라보았다. 발코니 창살 사이에 머리를 내밀고 자리를 잡아서 앉곤 했다. 그러고는 밖의 볼거리에 흠뻑 젖어 들었다. 강변의 나무, 정원의 나무, 다리 아래의 작은 하천, 정박해 있는 배, 자동차 소음 그리고 새들의 노래. 한창 날고 있는 기러기들의 울음, 너처럼 잿빛과 흰빛인 멧비둘기의 사랑의 속삭임. 너는 머리를 꼿꼿이 긴장시킨 채 귀를 세우고 얼굴을 좌우로 돌렸다. 예민하게 삶에 사로잡혀서. 이 추억에 왜 이토록 감정이 복받치는지 모르겠다. 발코니에서, 삶에 주의를 기울이며 고개를 돌리는 너. 목걸이 밑으로 조금 헝클어진 털의 결. 너를 보는 것, 매복 장소에서 세상을 지배하는 고양이 역할을 하는 너를 보는 것이, 나는 정말 좋았다. 그리고 안식처에서도.

그런데 안식처는 정말 안심할 수 있는 장소인가? 어느

날엔가 너는 나를 공포에 떨게 했다. 나는 발코니의 창을 습관적으로 열어두고는 했는데 그날 너는 햇빛을 받아 따뜻해진 테라스 장식을 부비면서 행복해했다. 누운 채로 뒤척이는 너를 일광욕을 즐기도록 내버려 둔 채 나는 해야 할 일에 사로잡혀서 자리를 비웠다. 고요함….

늦은 오후, 귀가했는데 너를 찾을 수 없었다. 서재 쪽에서 미야옹미야옹 네 소리가 지속적으로 들리는데 보이지는 않았다. 결국 닫힌 창문 뒤에서 너를 발견하고는 끔찍한 비명이 터져 나오려는 것을 참았다. 너는 발코니의 난간에서 창턱으로 뛰었을 것이다. 그런데 다시 이전의 자리로 돌아올 수 없었을 테고. 4층 아파트의 좁은 난간의 모서리에서 뛰어오르는 것은 죽음을 무릅쓰는 일이었다…. 그리고 서재의 창문은 열 수 없었다. 적어도 나는 그렇게 믿었다. 터질 듯 뛰는 심장, 뱃속 가득한 공포, 나는 창문을 열려고 애썼다. 내가 상상했던 것보다 문은 빨리 열렸다. 얼마나 큰 안도감으로 너를 책상 위로 돌아오게 했는지, 내가 어떤 마음으로 너를 품에 안았는지! 구했어! 나는 도저히 너를 야단칠 수 없었다. 더 이상 높다란 빗물받

이 통 위에서 고양이 놀이를 하면 안 된다는 것을 네게 어떻게 설득시킬 수 있을까? 이 사건 이후, 발코니의 창문을 열 때마다 좁다란 난간 위에서 몸을 날리는 너를 보면서 경련해야 했다. 근심어린 눈으로 감시할 수밖에.

어쩌면 상처받기 쉬운 내 사랑, 너를 잃을지도 모른다는 두려움에 떨었던 사랑이 우리가 함께 나눈 발코니에서의 시간을 이토록 강렬하게 기억하게 만드는지도 모르겠다. 너, 발코니 기둥 사이의 얼굴, 세상을 망보는 장소의 너. 그뒤에 있던 나. 내 곁의 내 친구. 우리 셋. 네 뒷덜미, 목걸이 밑으로 살짝 헝클어진 털에 대한 추억이 오늘은 내 가슴을 죄어 온다. 넌 거기 있었다. 행복이었다. 너는 이제 없다.

사랑의 기억이 구원으로 내게 남았다. 거실의 구석진 곳곳에서 너를 다시 본다. 소파 위, 낮은 탁자 아래, 손님들 사이, 쿠션의자, 피아노 위, 부처상 옆의 작은 책장 위에서. 나는 추억에 기대어 볼 수 없는 네 존재의 흔적들을 쫓는다. 네가 내 마음에 남긴 흔적들을.

이 세상에 오는 순간부터. 우리는 태어나면서
삶이라는 죽음의 병에 걸린다.

12

어느 날 저녁이 끝나갈 무렵, 쿠션 의자와 마룻바닥에 핏자국이 떨어져 있었다…. 네가 삶의 끝에 이렇게도 가까이 있다는 것을 믿고 싶지 않았다. 끝까지 너를 구할 수 있기를 바랐다.

파스칼은 "연극이 아무리 아름다웠더라도, 마지막은 참혹하다. 우리는 흙을 얼굴에 뿌리고, 그리고 그것이 영원이다."라고 《팡세》에 썼다. 우리는 언제 이 마지막 행위가 시작되는지 알까? 이 세상에 오는 순간부터. 우리는 태어나면서 삶이라는 죽음의 병에 걸린다.

입양할 때부터 너는 이미 아팠다. 피부병은 네 털을 빠지게 했지만, 관리로 촘촘함을 되찾곤 했다. 시간이 지나면서 너의 상처들은 반복되어 나타났고 횟수도 빈번해졌다. 진단과 처방, 그리고 증상은 계속 반복되었고 다양해졌다. 이토록 귀한 너를 잃을지도 모른다는 두려움에 떨면서 몇 해가 흘렀다. 증상이 나타날 때마다 치료를 받았고, 그러면 겉으로는 나은 듯했다. 다시 살아남.

너의 삶을 완전히 갉아먹을 뻔한 한 번의 큰 병마 이후 너는 늙기 시작했다. 나는 그것을 알아채지 못했다. 우리는 우리가 매일 보고 함께 사는 이들이 늙어 가는 것을 제대로 보지 못한다. 그들이 스러지는 것을 보고 싶어 하지 않는다. 하지만 외부의 시선은 변화를 좀 더 분명하게 알아채게 하고 근심을 깨운다.

변화의 단서는 나를 고통스럽게 했다. 너는 민첩한 오르기 능력을 잃어버렸다. 옷장은 더 이상 네가 좋아하는 장소가 아니었다. 탁자 위, 심지어 의자에 오를 때도 균형을 잃는 일이 일어났다. 한쪽 눈에서 눈물이 흘러내렸다.

기침을 시작했다. 이런저런 경고의 증상이 사라졌다가 다시 찾아왔다.

마지막 봄이 왔다. 불길한. 11월의 색을 한 6월. 춥고 어둡고 절망적으로 비가 많이 내렸다. 화장실이 침수되었다. 방의 양탄자에는 곰팡이가 슬었다. 창은 대개 열려 있었다. 바람이 집을 통과했다.

최근까지 동그랗고 토실하던 너는 많이 말랐다. 많이 약해졌다. 너무나 허약했다.

가을의 색을 한 음산한 6월에 모든 것이 기울었다. 2년이 지난 후, 나는 이 모든 것을 기억한다. 나는 내가 겪은 일을 쓰기 위해, 우리가 함께 보낸 마지막 달에 대해 쓰기 위해, 이 모든 시간을 기다려야 했다.

6월 중순. 문제가 있는 내 등을 치료받을 수 있게 되어서 기분이 좋아야 했다. 태양이 하늘의 가장 높은 곳에 오르고, 낮이 매우 길어지고 여름이 오고 싶어 하는 때였다.

나는 상쾌한 날들을 맞을 준비를 했었다. 그러나 나는 불안의 먹이가 되고 말았다.

6월의 태양 아래서 나는 열기어린 번뜩임을 네 눈에서 다시 보았다. 병원에 가는 것이 일상이 되었다. 확신 없는 처방. 네가 먹기를 거부하던 약들. 반항. 네가 무서워하던 주사들. 점차 잃어가는 식욕. 네 생명력의 쇠퇴.

너는 더 이상 스스로 와서 먹을 것을 달라고 하지 않았다. 내가 네게 가져다 주었다. 네가 좋아하는 먹을거리들을. 네가 서너 개의 새우를 먹은 날에는 조금은 안심했다.

네가 새우에도 고개를 돌리는 날이 왔다. 나는 들이밀었다. 식욕이 돌아오기를 바라면서 새우 냄새를 맡게 했다. 네가 더 이상 먹을 수 없는 것을 냄새 맡도록 하면서 너를 고통스럽게 하는 것은 아닌지 의심스러웠다.

나는 굽히지 않았다, 네 힘의 가장 끝까지, 나는 네게 삶을 주고 싶었다.

나는, 네가 떠난다면, 나의 온전한 한 부분도
너와 함께 떠날 것을 알고 있었다.

13

깊은 절망 속에서 시작된 나의 등 치료를 위한 해수요
법은 빠르게 악몽이 되었다. 치료가 아니었다. 내 등을 낫
게 하기 위한 치료법과 나를 괴롭히는 슬픔 사이의 간극
은 너무나 컸다. 완전한 분리. 몸은 여기에 정신은 다른
곳에, 나는 단 하나만 생각했다. 너. 단 하나의 안달. 너
를 다시 보는 것.

나는 일찍 일어났고, 일어나서 처음으로 하는 일은 너
를 위한 것이었다. 의료 효과가 있는 허브를 따러 정원으
로 나갔다. 너의 마지막 갸르릉은 허브를 향한 것이었다.

그러나 허브는 별 효과가 없었다. 이런저런 치료가 별 효과가 없자 검사가 다시 시작되었다. 병은 네 호흡기 깊숙이 침투해 있었다. 엑스레이는 폐렴을 밝혀냈다. 검사 결과는 단두대의 칼날처럼 떨어졌다. 고양이면역부전증. 너는 이미 이 병에 대한 백신을 맞은 상태였지만 너의 병은 가장 느리고 기만적인 형태로 면역 시스템을 공격하는 종류였다. 이 형태의 고양이면역부전증에는 어떤 백신도 없고, 얼마 전부터 진단만 가능해졌다고 했다.

이 소식은 나를 이 불합리한 상황에 대한 깊은 분노로 몰아갔다. 너를 안전하게 돌보고 있다고 믿었다. 하지만 네가 너를 내 보호 아래로 들였을 때, 이미 네게는 죽음이 드리워져 있었다. 길 위의 삶에서 얻은 병은 왔다가 사라지고 다시 나타나면서, 처방과 치료에도 불구하고 이렇게 병이 반복되면서 음험하게 너의 면역력을 갉아먹고 있었던 것이다.

죽음의 위협에도 불구하고, 나는 너와 함께 지속적으로 싸웠다. 치료는 강화되었다. 매일 주사가 이어졌다. 너를 살리기 위한 싸움이 우선이므로 내 치료를 조정했다.

　너를 병원에 데려가야 하므로 나는 해수요법센터를 떠났다가 다시 돌아갔다. 나는 자동차 안에서, 탈의실에서 울었다. 내가 잠시라도 혼자 있을 수 있는 모든 시간에 울었다. 해수요법센터의 공동생활, 집단 아쿠아 체조 시간이 끔찍했다. "하나, 둘, 셋, 왼쪽 팔 드세요! 하나, 둘, 셋, 오른쪽 다리 드세요! 이제 뛰세요! 하나, 둘, 셋!" 나는 동작들을 따라했다. 가슴 위의 납덩이.

　휴식 시간은 여러 가지가 혼재된 기괴한 시간이었다. 슬픔에 잠겨, 휴식에 온전히 나를 맡길 수가 없었다. 옆의 여자가 심호흡의 효용에 대해 모든 사람에게 알리려는 듯 크게 숨을 내쉬었다. 내 볼에는 소리 없는 눈물이 흔적을 남겼다.

　치료 시간이 끝나면 사회자는 이탈리아 사랑 노래를 안드레아 보첼리 같은 목소리로 들려주었다. 아름다운 목소리. 높고 부드럽고 살짝 허스키한 목소리. 테너는 〈그대

와 함께 떠나리(Con te partirò)〉를 불렀고 내 가슴은 찢어
졌다.

나는 이때 친구와 함께 그리스 산토리니 섬으로 여행을
떠나기로 예정되어 있었다. 이 여행을 꿈꾸어 왔지만, 이
제 여행의 실현은 너의 완치 혹은 죽음을 암시했다. 아픈
너를 병원에 두고 떠난다는 것은 불가능, 아니 생각할 수
조차 없는 일이었다. 너를 버리는 것은. 너를 살리기 위
해, 너와 함께하기 위해, 네게 행복한 삶을 주기 위해, 내
가, 우리가 얼마나 쉽게 심지어 기쁘게 이 여행 계획을 포
기했는지! 그리고 네가 기적적으로 낫는다면, 너를 위한
새우 파티, 사람들을 위한 샴페인을 상상했다. 친구들과
집에서 하는 파티. 네가 삶으로 돌아온 것을 축하하는 친
구들끼리의 파티.

여행의 꿈을 버렸다. 가수는 다시 부른다. "그대와 함
께 떠나리." 내 깊은 곳에서, 나는 다른 어떤 떠남이 준비
되고 있다는 것을 알고 있었다. 바로 너의. 나는, 네가 떠
난다면, 나의 온전한 한 부분도 너와 함께 떠날 것을 알고

있었다. 너와 내가 나눈 행복의 8년 동안, 너의 삶과 다정하게, 부드럽게, 깊이 연결되어 있는 나의 한 부분이.

이 노래에 대해서 내가 할 수 있는 모든 해석에 비추어 보면, 이 노래는 맞았다. "그대와 함께 떠나리". 이 노래는 명백했다. 어떤 다른 후렴도, 나를 이토록 감동시키는 이 언어처럼, 나를 이렇게 깊이 동요시키지는 못했다.

비탄 속에서 내게 동반자가 되어 준 또 하나의 멜로디는 어머니가 합창단에서 부르던 갈로아 멜로디를 브르타뉴어로 번역한 것이었다. *꾸꾸 비엉(Koukou vihan)*, 즉 쁘띠 *꾸꾸(Petit coucou)*.* 새에게 전하는 기원의 형태로 〈쁘띠 *꾸꾸(Petit coucou)*〉는 사랑과 봄을 찬양했다. 슬픈 노래가 아니었다. 그러나 환희 밑으로 사랑과 사랑한 땅에 대한 지독한 향수가 간파되었다. 나는 가사와는 상관없이 절망적인 내 희망을 담고 있는 이 노래의 곡조에 사

---

* 꾸꾸는 뻐꾸기 또는 뻐꾸기 소리를 의미한다. 우리말의 "까꿍."처럼 갑자기 나타나서 환기시키거나 일종의 인사로도 쓰이고 아이들이 놀 때 "나 여기 있다."의 의미로도 쓰인다. "뻐꾹뻐꾹."으로 해석할 수도 있으나 여기서 꾸꾸는 후렴구로 특별한 의미가 없다.

로잡혔다. Koukou vihan, 작은 새. 노랠 불렀다. 너를
삶에 붙들어 두려는 나의 의지에도 불구하고, 죽어 가는
나의 작은 깃털, 너를 위해서 노래를 속삭였다. 내 비통함
을 달래기 위한 자장가처럼 나를 위해서도 불렀고, 내 목
을 뚫고 나오는 고통스런 비명에, 삶의 희망을 주기 위해
서도 불렀다.

일상의 섬세한 증인인 반려동물에게
우리가 얼마나 마음으로부터 깊이 묶일 수 있는지를
고백하는 것에는 어떤 부끄러움도 없다.

14

내 치료가 끝나서, 내 치료와 네게 달려가고픈 마음 사이에서 나를 분리하지 않아도 되었다. 극도로 피곤했다. 네 곁을 지키며 요구르트 한 숟가락이라도 먹이기 위해 불면의 밤과 이른 기상을 지속했다….

주말에는 친구가 나와 너를 함께 돌보기 위해 왔다. 병원에서는 너의 마지막을 위한 치료를 제안했지만, 나는 여전히 기적을 믿고 싶어 기도하며 신의 연민이 네게 닿기를 호소했지만, 더 이상 희망은 없었다. 생명의 폭발. 유예. 내 기도는 닿지 않았다.

들려오는 소식은 내게 모든 삶의 공포를 환기시키는 것
뿐이었다. 사촌은 자동차 사고로 오빠를 잃고 슬픔에 잠
겼다. 한 친구는 끝나지 않을 것 같은 고통에 시달리던 어
머니를 마침내 잃었다. 다른 친구는 늑막염으로 힘겹게
투병 중이다. 불행의 홍수.

우리는 집 안에 틀어박혀 네 곁을 지키며 번갈아 장을
보러 나갔다. 아주 짧은 순간이라도 너를 혼자 두고 싶지
않았다. 너는 좋아하는 쿠션 의자에서 거의 떠나지 않았
다. 가끔은 소파에 누웠다. 호흡은 점점 더 어려워져서 네
옆구리를 움푹 팠다.

너를 나의 애정으로 감쌌다. 수많은 다정한 말들이 내
안에서 솟구쳤다. "내 아가", "내 사랑". 사랑하는 상대에
게, 우리가 얼마나 고양이와 개를 숭배할 수 있는지, 일상
의 섬세한 증인인 반려동물에게 우리가 얼마나 마음으로
부터 깊이 묶일 수 있는지를 고백하는 것에는 어떤 부끄
러움도 없다.

너는 모든 힘을 잃어, 낮 동안에는 매 시간, 밤에는 수
차례 주는 우유를 아주 조금 마시는 것 외에는 아무것도
먹지 않았다. 네가 고통 받지 않았던 동안에는 생각할 수
없었던 어떤 결정이 필수 불가결하게 다가왔다. 안락사는
나를 공포로 몰았다. 네가 살해되도록 내버려 두거나 범
죄를 저지르는 기분이 들었다.

이 마지막 국면을 나는 도저히 감당할 수 없었다. 결국
내가 아프고 말았다. 고열로 침대에 못 박혔다. 친구가 대
신해서 너를 병원에 데려가는 일을 전담했다. 나는 네게
마실 것을 줄 때만 일어났다. 마지막 밤은 설탕물이었다.
너는 더 이상 우유도 마실 수 없었다.

마지막 날 저녁, 내가 너를 품에 안았을 때 너는 신음했
다. 너의 네 다리가 후들거렸다. 내 품 안의 너는 너무나
가벼웠다, 마치 작은 새처럼. 나의 깃털, 내 사랑.

너무나 고통스러워진 네 삶을 마치려는 네 결정, 너무나
작은 고양이의 신음, 이 여릿한 비명을 들으면서 나는 격

렬한 연민을 느꼈다. 고통 받았던 지난 3주 동안, 너는 한 번도 불평하지 않은 채 숭고한 침묵 속에 머물고 있었다.

마지막 병원 방문을 마치고 친구와 돌아오는 너를 보았다. 안락사는 내가 보지 않는 곳에서 이루어지기를 막연히 바랐다. 도저히 받아들일 수 없는 일 앞에서의 비겁함. 그러나 이동장에 누워서 돌아오는 너를 보았을 때, 나는 다시 살아 있는 너, 내 사랑, 나의 소중한 아이를 보는 궁극의 기쁨을 누렸다.

그날 아침, 네가 너무나 고통스러워해서 고통 속에 이렇게 끝없이 방치하는 것이 더 이상 불가능했다. 의사가 이 고통의 끝을 맺으려 오후에 오기로 했다. 이 시급한 필요 앞에서 약속을 당겨야 했다.

화장실을 찾으면서, 거기서 끔찍한 호흡곤란으로 숨이 막히면서, 서재로 토하러 가면서, 거실로 향하면서 너는 마지막으로 집 안을 돌았다. 고통스럽게 토하더니 입에 거품이 일었다. 나는 너를 소파에 눕힐 수 있었다. 떨고

있는 네 몸을, 갑작스런 경련이 관통하는 네 몸을 쓰다듬
었다. 네 작은 다리를 손에 쥐었다. 내 친구는 의사를 데
리러 뛰어나갔다.

너를 쓰다듬으며 말했다. "아가, 원한다면 지금 떠날
수 있단다. 나의 사랑하는 깃털." 이때, 너는 커다란 비
명, 매우 강하고 센 비명을 내질렀다. 네 존재 깊은 곳에
서부터 뿜어진 비명. 그 순간, 너는 숨을 거두었다.

의사는 몇 분 뒤 도착했다. 네 동공을 살피며 의사가 말
했다. "그녀는 죽었어요."

너는 자유로이 떠났다, 넌 벗어났다, 날아올랐다, 새처
럼. 하나의 깃털처럼.

예수의 죽음이든, 한 고양이의 죽음이든,
죽음은 살아 있는 사람의 마음속에 같은 고통을 안겨 주며,
적어도 죽는다는 것에 대해서만큼은 같은 고뇌이다.

15

"예수는 다시 한 번 비명을 내지르고 숨을 거두었다."
(마테복음)

네 죽음과 예수의 죽음을 비교하면 어떤 이들은 몹시
놀라고 어떤 이들은 분노할 것이다. 나는 어떤 도발의 의
도도 없이 다만 동물 영혼의 존재에 대해서 생각하게 해
보려는 의도에서 이 구절을 썼다. 예수의 죽음이든, 한 고
양이의 죽음이든, 죽음은 살아 있는 사람의 마음속에 같
은 고통을 안겨 주며, 적어도 죽는다는 것에 대해서는 같
은 고뇌이다. 고양이의 죽음과 예수의 죽음은 모두 연민

을 불러일으키는 같은 격정이다. 신에게 버림받았다고 느끼며 죽어 가는 인간이나 큰 비명을 내지르며 죽어 가는 고양이는 같은 고독과 정신적 번민을 겪는다. 그리고 이 비명, 이 마지막 숨, 이토록 처절하게 지른 숨은 존재의 본질, 영혼이 떠나는 것이다.

오, 깃털, 나의 사랑하는 작은 고양이, 너는 내 영혼의 스승이었고 앞으로도 언제나 그럴 것이다. 네가 우리 곁에 머물던 마지막 몇 주 이후, 2년이 지난 지금, 내 기억 속에, 내 심장 깊숙한 곳에 네 존엄함과 용기를 간직하고 있다.

네가 내 곁에서 밤을 함께 보내기 위해 마지막으로 침대에 오르려고 애쓰던 어느 날 저녁을 기억한다. 그것은 네가 내게 마지막 안녕을 고하는 방식이었다. 그리고 너는 거실에 은둔했다. 그곳에서 죽음을 맞기 위해. 가장 크고 가장 밝은 그곳을 너는 떠나지 않았다. 우리는 인간만이 죽음이 다가오는 것을 안다고 말한다. 나는 그 말을 확신할 수 없다. 나는 네가 마지막 순간을 보내고 있음을 알고 있었다고 확신한다.

때때로 넌 소파의 팔걸이에 자리 잡았다. 6월의 햇빛, 오후의 끝 무렵 황금빛 후광이 너를 둘러싸곤 했다. 너는 단지 거기 있었다. 아무것도 요구하지 않았다. 그리고 너는 반짝였다. 아주 밝게. 난 세상의 어떤 위대한 정신적 지도자에게도 이 같은 존경심을 품지는 않았다. 너는 그저 고양이, 아주 부드럽고 매우 다정한 작은 암고양이였을 뿐이지만, 네 생애 마지막 순간, 네 존재의 깊이는 네게 후광을 둘러씌웠다. 마치 네가 투명해진 것처럼, 순수한 내면의 광채, 존재의 다이아몬드.

매우 자연스럽게 표출되는 너의 용기와 차분함에 난 깊은 감명을 받았다. 다가오는 죽음 앞에 담담한 영혼의 힘을 보여 준 모범. 독을 마시기 전에 그리고 마시고 나서의 소크라테스도 이보다 강렬한 본보기를 제자들에게 보여 주지는 않았다. 나의 고통에도 불구하고, 너를 잃어야만 하는 나의 애통함에도 불구하고, 나는 네게서 현명함에 대한 가르침을 받았고, 네 곁에서 네 평정함으로부터 어떤 종류의 평화를 찾았다.

살아 있는 사람의 마음은 죽은 이의 진정한 무덤이다.
유일한 무덤. 내가 사는 한 너는 내 안에서 산다.

16

우리는 종교적인 의례를 치렀다. 네가 죽기 전날, 네 곁을 지키고, 네 마지막 순간을 밝히기 위해 우리는 초를 켰다. 네 존재에 기도했다. 나무 냄새 같은 아주 좋은 냄새를 풍기던 네 이마에 입을 맞추고 오래도록 네게 감사했다. 함께 지낸 지난 8년 동안 네가 우리에게 준 다정함, 애정, 기쁨, 그 모든 것에 대해 네게 감사했다. 내 친구는 덧붙였다. "우리 차례가 되어서, 우리가 죽으면 아마도 거기엔 우리를 맞아 줄 천사가 있을 거야. 너, 작은 깃털." 우린 울었다, 너를 보살피면서.

네가 죽었을 때, 나는 정원에 묻고 싶었다. 꽃 주변에 너를 위한 작은 무덤을 만들고 싶었다. 그러나 나는 개인 정원이 없었다. 땅은 건물에 사는 사람들의 공동 소유이니까. 이웃여자는 말했다. "비닐 봉지에 담지 마세요. 몸이 썩지 않아요…." 의사는 화장이 훨씬 위생적이라고 지적했다…. 어떻게 해야 할지 알 수가 없었다.

내 몸이 나를 대신해 선택했다. 비가 왔고 소나기가 계속되었다. 나는 열이 계속되었다. 우리는 정원의 땅을 팔 용기가 없었다. 예쁜 파스텔 색의 폭신한 수건에 너를 감싸고, 목 부분을 핀으로 고정했다. 마지막으로, 생명이 없는 너를 이동장에 넣었다. 우린 다시 초를 켰다. 나는 몹시 사랑한 네 몸을 내 친구가 의사에게 데려가도록 내버려 두었다.

비탄에 잠겨 있던 나는 고양이를 사랑하는 친구들, 그래서 그들의 정원이 묘지가 된 친구들에게 그들의 정원에 무덤을 만들어 달라고 부탁하지 못했다. 비가 세차게 왔다. 그들에게 내 눈물의 비를 뿌리고 싶지 않았다. 그들은 나를 위로하기 위해 말했다. "요즘 화장은 점점 더 인간적인 일이 되고 있어."*

친구는 이동장이 빈 채로, 다른 한 손에는 어머니가 방 벽에 붙여 두었던 커다란 네 사진을 들고 병원에서 돌아왔다. 네가 떠난 후, 나는 그 사진을 가슴에 자주 끌어안았다. 작은 선반 위, 부처상 옆, 네가 자주 머물던 자리에 그 사진을 두었다. 그리고 어느 날 사진을 부처상 위 벽에 걸었다. 좀 전에 난 바로 거기서 너를 바라보고 작은 분홍 주둥이, 까만 점 위에 뽀뽀했다.

부처상 위의 깃털. 사람들이 나를 우상숭배로 비난하지 않기를! 너를 통해 부드러움, 애정, 순수함을 동경했을 뿐 나는 비난받을 만한 나쁜 일을 하지 않았다. 어쩌면, 인간

---

* 앞에서 이웃집 여자가 비닐 봉지에 담지 말라고 말하는 것처럼 그동안 프랑스에서 동물 사체는 쓰레기통에 버려지거나 병원을 통해서 한꺼번에 태워졌다. 이에 반발해 동물 묘지를 만든 사람도 있었는데 최근에는 동물도 개별적으로 화장해서 유골을 보관할 수 있게 되었다. 이와 반대로 사람은 대개 묘지에 묻혔지만 최근에는 여러 가지 현실적인 요인으로 화장을 많이 한다. 따라서 인간도 화장을 많이 하니 동물을 화장하는 것이 비인간적인 일이 아니라는 의미이다.

들이 서로 목을 베는 이 야만의 세상에서 신의 영혼은 소
박한 영혼, 짐승의 말없는 사랑에 숨어든 것이 아닐까?

　이렇게 너는 부처상 근처, 네가 자주 앉았던 선반 위에
머문다. 집에서 가장 빛나는 곳에 빛의 묘를 만들어 주었
다. 너는 내 안에 머문다. 네 죽음은 내 기억에 은신처를,
내 마음에 기억이 울리는 소라 고동을 팠다. 살아 있는 사
람의 마음은 죽은 이의 진정한 무덤이다. 유일한 무덤. 내
가 사는 한 너는 내 안에서 산다.

이해받지 못할 것이 두려워 포기했다.
두려운 건 비웃음보다는 몰이해.
사랑은 절대로 우스꽝스럽지 않다.

17

네 죽음은 나를 깊은 슬픔에 빠트렸다. 아픈 채로, 네가 없는 집에서 며칠을 지냈다. 밖으로 나서서, 7월의 햇빛, 다른 이들을 볼 수가 없었다. 애도의 경험은 스스로를 고립시키고 자기 안으로 침잠시킨다. 친구도 어머니도 마음 아파했다. 그녀들은 너를 가장 잘 아는 사람들이었다. 우리는 친구들에게 통지서를 보낼 뻔했다. 시, 작은 사진. 너의 죽음을 알리기 위해. 하지만 이해받지 못할 것이 두려워 포기했다. 두려운 건 비웃음보다는 몰이해. 사랑은 절대로 우스꽝스럽지 않다.

처음부터 나는 너를 작은 사람으로, 작지만 커다란 현명한 영혼으로 생각했다. 작은 고양이의 죽음으로 모든 것이 무너질 수 있다는 것을 어떻게 말하고 어떻게 이해시킬 수 있을까? 슬픔의 쓰라림은 심장을 후들거리게 하고 지표들을 무너뜨린다.

한 동물이 죽고, 한 영혼이 떠난다. 혹은 그 너머에는 아무것도 없다. 네 죽음으로, 동물에 대해 몹시 인색한 모든 정신적 전통에 의문이 생겼다. 죽음과 저 너머에 대한 모든 종교담론과 우리 존재의 비극을 순화하고 위로하려는 많은 이야기에 대해 생각했다. 우리는 산다. 우리는 죽는다. 아무것도 없다.

네 죽음은 나를 이 깊은 구렁으로 몰았다. 왜 인간은 동물이 배제된 어떤 안녕을 꿈꾸는가? 하찮은 일, 나는 생각했다. 인간의 오만과 혼란에 따른 인간의 발명품. 어째서 우리는 우리가 '짐승'이라 부르는 다른 생명보다 우월하단 말인가? 데카르트는 형이상학에 대해 매우 재능 있는 글을 썼지만 '동물—기계'에 대해서는 어리석었다. 나는 데카르트와 라 퐁텐 사이를 오가면서 망설이지 않는다. 나는 단호하게, 당시 태동하던 합리주의가 '우리를 자연의 소유자이자 주인으로 여겨(데카르트, 《방법서설》)' 인간이 세상을 지배하는 것이 당연하다고 주장하고 있을 때, 동물의 영혼에 대한 긴 이야기, 그 유명한 〈마담 드라 사블리에르에게 바치는 시〉*를 쓴 시인의 편이다. 오늘날 우리는 과학주의적 환상과 동물에 대한 경멸이 불러온 손상을 목도하고 있다.

'동물-기계' 이론과 의인화의 위험 사이에서 나는 두 번째 남용을 선호한다. 어찌되었거나 우리는 우리의 재현과 투사를 통해서만 세상을 인지한다. 객관성은 없다.

인간은 스스로 안심하기 위해서, 인간, 생각하는 존재

---

* 라 퐁텐은 대개 누군가에게 경의를 표하면서 책을 마감하는데 이 책에서는 마담 드 라 사블리에르에게 경의를 표한다. 그는 이 시에서 데카르트의 '동물-기계' 이론, 근대 과학의 모델이 된 그의 합리주의에 반대 입장을 보인다. 당시 프랑스 철학은 동물이 단지 비이성적 존재일 뿐만 아니라 어떤 정신적 세계도 영혼도 없다고 생각했다. 동물의 움직임은 정신의 반대라는 의미에서 물질적일 뿐이며, 단지 기계적인 반복, 어떤 화학작용의 결과라고 보았다. 라퐁텐은 이는 인간의 잣대에 의한 것일 뿐, 인간적 맹목성을 넘어서는 세계가 동물에게 존재함을 이 시에서 인정하고 있다.

와 동물의 세계를 분리시켰다. 마치 근본적인 단절이라도 있는 것처럼. 예전에 우리는 노예, 여성, 흑인도 영혼의 소유자라는 것을 거부하지 않았던가? 타자, 그들의 존엄성을 인정하는 것이 위험하기라도 한 것처럼.

최근엔 우리가 노예로 사용하고, 사냥의 즐거움을 위해 죽이고, 먹기 위해 도살하는 고통 받는 동물에 관련된 질문이 제기되고 있다.

나는 고양이에 대해서 말하고 싶었다. 나는 고양이 하나, 너, 깃털, 몹시 사랑하는 너에 대해서 말하고 싶었는데, 나의 펜은 동물의 영혼과 그들의 고귀함을 말하다가 분개한다. 다정함과 애정, 행복했던 나날들, 유대감 속에서 드러났던 사랑하는 작은 영혼, 마치 네가 그것을 요구라도 하는 것처럼. 오, 내가 잠에서 깨는 순간부터 내게로 왔던 너. 내가 눈을 뜨는 순간, 너는 여명을 즐기던 서재에서 나를 만나기 위해 침대로 달려왔다. 인간은 감지할 수 없는 신호를 감지하는 순간, 너는 하루의 시작을 열어 주기 위해 내게로 왔다. 우리의 영혼을 연결하던 섬세하고 깊고 신비한 어떤 끈에 이끌려서. 여명의 운반자, 네가 내게로 오기 위해 선반으로 내려오던 너의 이중 도약을 나는 아직도 듣는다.

네 죽음 이후에 나는 위안을 주려는 종교적 우화들을 밀어냈다. 자신의 지배력 유지를 위해 정신적 삶을 빼앗는 모든 성직자를 경계한다. 생각을 묶어 버리는 모든 교리가 참을 수 없다. 그러나…. 나는 보이지는 않지만 여기저기에 있고, 우리의 야만성 때문에 속박되고 무력해진 세상의 마음으로부터 퍼지는 뜨거운 애정을 믿고 싶다. 나는 동물의 조용하고 순진한 영혼에 있는 신적 현존을 믿는다.

시인 프랑시스 잠은 매우 아름다운 시 〈당나귀들과 함께 천국에 가기 위한 기도〉를 썼다. 나의 깃털, 동반 친구, 작고 커다란 영혼, 네가 없을 천국을 나는 원하지 않는다. 만일 존재의 너머가 있다면 네가 그곳에서 나를 맞이하리라. 놀라고 길을 잃었지만 기쁜 내 영혼을 네가 인도하리라.

네 죽음은 내 어린 시절의 상처, 생명의 유한함과 사랑하는 이들의 상실에 대한 분노를 일깨웠고 아버지에 대한 애도에 다시 불을 지폈다. 우리 삶의 조건인 모든 참혹함에 대항하여 나는 글쓰기밖에 다른 구원을 모른다. 삶을 연장해 가기 위해.

어린 시절의 상처. 보호해야 할 작디작은 생명의 상실에 대한 상처. 너, 내가 자주 "내 아가", "내 딸"이라고 불렀던 너…. 네 존재의 지극한 다정함은 내 안의 애정을 깨웠다. 네 죽음 뒤에, 나는 가족 같은 동물을 잃은 이 끔찍한 슬픔은 혹시, 아이를 낳지 않은 사람들에게만 해당되는 것은 아닐까. 가장 상처받기 쉬운 사랑을 동물에게 품은 사람에게만 해당되는 것은 아닐까 생각했다.

나는 내게 그것을 물었고 주변에도 물었다. 아니었다. 아이의 어머니인 한 여성은 개를 잃었을 때 얼마나 슬펐는지 내게 말해 주었다. 그녀의 남편은 '막내'의 죽음 이후에 몹시 비탄에 빠졌다. 내게도 그리고 너와 가까웠던 모든 이들에게, 너는 그들의 아이였다.

너의 삶을 연장하기 위해,
너를 계속 사랑하기 위해.

18

우리는 반짝이는 그리스의 해를 찾으러 산토리니 섬에 갔다. 네가 없는 집에 갇혀 있는 것보다는 여행을 가는 편이 나았다. 너를 잃은 우리의 슬픔에 갇혀서. 나는 네가, 우리는 네가 사무치게 그리웠다. 우리는 여전히 네가 그립다.

다시 나는 이 세상에서 가장 아름다운 풍경을 고요히 바라보았다. 브르타뉴의 풍경만큼이나 나를 감동시키는 풍경. 피라의 높은 곳에 있는 한 카페의 테라스에서 나는 갈라진 바다의 틈, 붉은 절벽 위에 자리 잡은 하얗고 파란 황토색의 마을을 바라보았다. 마치 운명의 폭력에 대항해 인간들이 치른 용기의 시험이기라도 한 것 같은 마을. 지진의 위험에도 불구하고 지어진 마을. 끝없는 하늘과 바다 위로 펼쳐진 파노라마. 산토리니 섬, 위험하고 연약한 삶의 상징. 죽음의 분출에 대한 삶의 순환. 화산 위의 춤.

세상의 아름다움 앞에서 네 죽음에 대한 생각은 나를 붙잡고 나를 죄어 온다. 끊임없이 네 마지막 순간들이 보였다. 너의 마지막 집 안 순회. 소파 위 마지막 비명까지. 나는 세상의 아름다움을 응시했고, 너의 부재에 대한 생각은 내 가슴을 후벼 팠다.

그건 마치, 너와 이야기하면서 행복했던 나날들의 대화를 이어가고 싶은 불가능하고 저항할 수 없는 욕망과 같았다.

바다의, 하얀 집들의, 빛의 완전한 광채의 잉크에서 글이 태어났다. 마음의 심연에서 태어나는 글은 나를 슬픔으로 숨 막히게 하면서 내 안에서 솟아올랐다. 너에 대한, 우리 둘에 대한, 우리 셋에 대한 하나의 글. '너의 죽음'이라는 단순한 단어로 시작하는 하나의 글. 나는 그 이상 아무것도 생각할 수도 쓸 수도 없었다. 갈라진 바다 위에서 네게 쓰는 편지와도 같았다. 너의 삶을 축하하고 네게 감사하기 위해 쓰는, 네가 읽지 않을 사랑의 편지. 내게 헤아릴 수 없는 애정을 준 한 작은 고양이에게 감사하기 위한 편지.

너를 잃은 고통은, 브르타뉴, 나의 집 곳곳에서, 바닷가의 계단에서, 가장 단순한 일상의 행동에서부터 나를 찾아왔다. 나는 너를 곳곳에서 보았고, 곳곳에서 나는 너를 생각했다.

생활용품을 사는 일은 시련이 되었다. 너의 밥과 모래를 담지 않고, 동물용품이 진열된 선반을 지난다…. 다른 사람들의 카트에 담긴 고양이 용품을 본다. 견딜 수 없는 향수! 고양이의 아름다움, 고양이의 존재, 고양이의 사랑. 이 엄청나게 귀한 필연을 집에 가지고 있는 이들은 얼마나 행복한가!

곧바로, 나는 네게 편지를 쓸 수가 없었다. 가장 생생

한 고통의 정점에서는 단어가 다가오지 않았다. 그저 눈물. 예고 없이. 아무 때나.

세상의 아름다움, 산토리니 섬에서의 응시, 완전한 그리스 빛은 내게 위안을 주지 못했다. 시간만이 진정시킨다. 그리고 사랑하는 이들의 위안.

나는 네 사진으로 앨범을 만들었다. 앨범에서 너를 찾으면서 너의 상실을 슬퍼했다.

조금씩, 고양이와 새끼 고양이에 관한 책을 보기 시작했다. 주변에서는 나의 비탄을 보면서 다른 고양이를 입양하기를 권유했다. 처음에는 이러한 제안에 적대적이었지만, 조금씩 새끼 고양이를 입양하는 쪽으로 기울었다. 네게 어린 시절을 주려는 하나의 시도이기도 했다. 내가 너를 맞아들였을 때, 너는 이미 어른이었다. 넌 그때, 한 살, 두 살, 세 살 혹은 네 살이었을까? 나는 여전히 모른다. 나는 너의 어릴 적을 알지 못한 것이 언제나 조금은 불만이었다.

새로운 입양에 대한 생각은 조금씩 자리 잡기 시작했다. 너의 삶을 연장하기 위해, 너를 계속 사랑하기 위해. 나는 고양이 교육에 대한 책을 읽었다. 내 고통을 달래기 위해, 하나에서 여럿으로, 너의 존재를 고정하기 위해 집 안 곳곳에 붙여 둔 네 사진에서 익살스러운, 유혹적인, 사랑스러운, 저항할 수 없는 모든 종류의 새끼 고양이들의 재현물로 옮겨갔다. 셀 수 없는 아름다움의 기적. 살아 있는 완벽함.

그러나 이 모든 초상을 통해 내가 찾고 있었던 것은 바로 너의 아주 어릴 적 모습, 삶이 시작되던 몇 주 된 아주 작은 너였다.

내가 살기 위해 다른 고양이를 입양하려고 결정한 그 순간부터, 나는 네게 편지 쓰기를 시작할 수 있었다. 너는 매우 환상적인 글쓰기 동반자였다. 내가 글을 쓸 수 있었던 것은 전적으로 너에 대한 기억 덕분이었다. 고양이들은 그들의 조심스럽고도 친근한 존재감으로 글쓰기의 아주 특별한 동반자가 된다. 길을 알려주는 조용한 반주자들.

모든 존재는 유일하다.
대체될 수 없는. 잊을 수 없는.

19

고급스러운 순종 새끼 고양이들의 발랄한 얼굴 앞에서
잠시 황홀해지기도 했지만, 나는 새끼 고양이를 살 마음
은 없었다. 세상에는 길을 잃거나 버려져서 사랑받기만을
기다리는 고양이가 너무 많다.

가을의 시작 무렵, 나와 친구는 동물보호단체를 찾았
다. 10월 4일, 동물의 수호성인인 아시시의 성 프란체스
코 기념일에 동물보호단체의 문은 모두에게 활짝 열렸다.

나는 진심으로 신과 모든 성자에게 너를 구해 달라고

기도했었다. 하지만 아시시의 성 프란체스코조차 내 기도를 들어주지 않았다. 그럼에도 불구하고, 나는 그에게 기회를 주고 싶었다…. 의미에 대한 한 번의 기회. 정신적 삶에 대한 한 번의 기회. 가장 선함에 대한 한 번의 기회. 삶의 사랑에 대한 한 번의 기회.

우리는 궤짝에 몰아넣어진 새끼 고양이, 대개는 비참해 보이는 어린 것들과 마주했다. 모두 나의 마음을 두드렸다. 깃털, 마치 너를 만나러 가는 것처럼, 너를 되찾으러 간 것처럼, 나는 여기저기서 너를 찾았다. 너를 닮지는 않았지만, 매우 다정해 보이는 5개월 된 황갈색 줄무늬 고양이를 입양하려고 했었다. 조그마한 회색 덩어리가 내 눈에 들어와서 감동의 눈물이 맺힐 때까지 나는 황갈색의 어린 것을 계속 품에 안고 있었다. 그러나 외모가 너와 조금 비슷한 그 여자아이가 내가 찾던 아이라는 것을 알았다. 커다란 눈. 턱밑의 하얀 솜털.

너를 떠올리면서 조심스럽게 이 새로운 행복을 녹색 이동장에 담았다. 그리고 아주 다정한 이름을 주었다. 두시카, 러시아어로 '작은 영혼'이라 불렀다. 고양이는 영혼을 가지고 있다고 주장하기 위해. 이 새로운 생명을 통해 너의 불멸성을 긍정하기 위해.

두시카는 너를 대체하지 않았다. 고양이는 서로를 대신하지 않는다. 그들은 그저 서로를 이어간다. 그들은 최고의 주권자로 그들이 사는 집과 그들을 사랑하는 인간의 마음을 지배한다. 그들은 모두 다르다. 독창적 성격. 매우 강한 개별성.

결국 두시카는 너를 대신하지 않았다. 그저 외모가 주는 환상에 사로잡혔을 뿐이다. 너는 온화함과 다정함이었다. 두시카는 명랑하고 활력 있고 장난꾸러기이다. 때때로 오만한. 두시카는 전투적인 수염, 바삭 깨무는 이빨, 민첩한 손톱을 가졌다. 세련된 섬세함일 수도 있다. 아직 어려서 현명함을 알지는 못한다. 두시카와 나 사이에 조금씩 엮이는 관계가 너를 잊는다는 의미는 전혀 아니다. 두시카는 너를 배신하지 않고 너를 이어간다. 나는 너의 복제를 입양하고 싶지는 않았다. 모든 존재는 유일하다.

대체될 수 없는. 잊을 수 없는.

　나는 내 삶에 동반하는 모든 고양이와의 기억을 충실히 보존한다. 어릴 적 고양이와 소녀 시절의 고양이. 부모님 댁에서 애지중지 먹이고 살폈던 가족의 고양이. 회색의 부드러운 미케트, 동네의 모든 수컷 고양이를 정기적으로 끌어당기곤 했던 너를 잊지 않는다. 열댓 마리의 고양이들은 골방에 진을 치고 앉아서 미케트의 관심을 기다리고는 했다. 아름답고 우아한 검은 고양이 미누, 새끼를 낳기 위해 은신처를 찾아서 나를 앞서 다락 위로 올라가면서 내가 너의 은밀한 둥지가 되기를 바랐던 너를 기억한다. 미누는 세 계단을 오르다가 뒤로 돌아 나를 바라보고는 내가 올라가지 않고 있으면 나를 데리러 되돌아왔다. 너는 그렇게 내게 도움을 청했다. 미누의 아들 퐁퐁, 온통 잿빛의 잘생기고 사랑스러운 고양이, 끈에 매달려 있던 닭다리와 고전하던 너를 기억한다. 검고 흰 미미, 놀라운 영민함의 아찔한 유혹자, 너처럼 검고 흰 수많은 고양이의 아버지였던 너를 절대로 잊을 수 없다. 사냥의 계절에 언제나 바빴던 너. 조용한 시기엔 고양이들 중 가장 다

정한 고양이. 너의 마지막은 너무나 비극적이었고 우리의
고통은 너무나 깊어서 그뒤로 10년, 회색과 흰색의 작은
암고양이가 문 앞에서 울기 전까지 우리는 어떤 고양이도
받아들이지 못했다.

오, 나와 삶의 길을 나눈 고양이들, 나는 너희들을 잊
지 않는다. 내가 사는 동네의 길에서 사는 고양이들. 피르
민, 프리무스, 그리고 내가 이름을 알지 못하는 다른 아이
들. 아름다운 검은 고양이, 삼색 고양이, 줄무늬 고양이,
아름다운 고양이들.

그리고 내가 지나는 곳곳, 너희들의 아름다움은 나를
유혹한다. 오가는 길에서 만나는 고양이들. 걷고 있는 나
를 따르며 길을 동행한다. 때때로 마치 나를 아는 것처럼
나를 만나러 뛰어오기도 하면서. 이곳의 고양이들과 다른
곳의 고양이들. 브르타뉴 바닷가 근처 한산한 길에서 만
난 고양이. 노르망디의 마을, 안마당의 깊은 곳에서 눈에
띈 고양이. "오, 아름다운 고양이!"라는 나의 감탄에, 민
첩한 발걸음으로 내게로 와서는 많은 사람과 자동차의 소

음에도 불구하고 내 곁에서 함께 걸었던 고양이. 내가 사랑할 수 있었던 고양이들.

그리고 너희들, 베네치아의 투실한 고양이들. 항구와 식당의 테이블 밑을 서성이던 그리스의 호리호리한 고양이들. 세계의 고양이들. 모든 종의 고양이, 종이 없는 고양이, 종이 있는 고양이, 고양이가 될 수 있었던 은총 덕에 태어나면서부터 귀한 존재. 우아함의 기적. 움직이는 예술작품. 혹은 움직이지 않는 예술작품, 조각 같은. 신처럼 숭앙되었던 이집트의 고양이. 샴 고양이, 페르시안 고양이, 성스러운 미얀마의 고양이. 지붕 위 홈통의 고양이. 집고양이. 길고양이. 살롱의 고양이. 묘지의 고양이. 애지중지 떠받들어지는 고양이. 굶주린 고양이. 보살핌을 받는 고양이. 버려지는 고양이. 사랑받는 고양이. 학대당하는 고양이. 중세에 불태워진 고양이. 역사가 이어지는 동안 박해 받은 고양이. 여전히 오늘날에도 실험실에 있는 고양이. 너희들을 사랑한다. 너희들에게 용서를 구한다. 우리와 삶을 나누는 호의를 가졌던 너희들에게 감사한다. 우리의 무릎 위에서 갸르릉거린 것에 대해. 너희의 고귀한 얼굴을 우리 얼굴에 부비기 위해 다가와 준 것에 대해. 우정 어린 존재들. 사랑스런 존재들. 너희들의 동반은 내게 너무나 다정했다. 너무나 고통스런 너희들의 부재.

그러나 　삶에　　남아서
어떻게 죽은 이들을 만날 수 있을까?

20

네가 떠난 뒤로 나는 자주 해변을 걸었다. 슬픔을 감추기 위한 방법이었다. 나는 사람들의 시선을 피해, 심지어 내 친구의 시선에서도 자유로운 곳에 있고 싶었다. 나는 친구에게 말했다. "좀 걸을게." 네 상실을 애도하기 위해 시선에서 멀어졌다. 모래와 하늘 사이, 기다란 바다를 따라 걸으면서, 더 이상 눈물을 참지 않았다. 나는 널 찾아서 걸었다. 그러나 삶에 남아서 어떻게 죽은 이들을 만날 수 있을까? 어떻게 그토록 사랑했던 한 고양이의 영혼을 되찾을 수 있을까? 발길 닿는 대로 걸었고, 너와의 추억은 가슴을 찢었다.

모래 위에 떨어진 갈매기의 흰 깃털을 모으는 습관을 가지게 된 것은 그 무렵이다. 마치 다시 너의 존재를 발견하는 것처럼, 나는 그것을 소중하게 하나씩 하나씩 주웠다. 하나씩 주머니에 담아 집으로 옮겨 온 깃털을 네가 머물기 좋아하던 부처상 주변에 정리했다. 네 사진 밑에. 사람들이 꽃을 올리듯 나는 네게 깃털을 올렸다.

우리는 안심하기 위해, 부조리에 어떤 의미를 찾기 위해, 부재에서 존재를 찾기 위해, 다소 우스꽝스런 이런 행동을 한다. 부처상 주변에 깃털을 정리하다 보면 슬픔이 조금이나마 진정되었다. 이렇게 네게 경의를 표하고 너의 고귀한 존엄성에 대해 증언하는 순간만큼은 난 따뜻했다. 바람에 의해 날고 있는 갈매기와 괭이갈매기로부터 바람에게로 버려진 부드러운 솜털, 이 작고 흰 깃털들을 스치듯 가볍게 쓰다듬는 것에서도 나는 너의 부드러움을 찾았다.

집에서는 네가 사무치게 그리워서, 집 밖에서, 끝이 없는 하늘과 바다와 모래에서 너를 찾았다. 어떤 신호를 기다리면서. 보이지 않는 곳에서 오는 단서들을 응시하면서. 그 여름 동안 너무나 고통스런 슬픔에 사무쳐서 나는 네 이름에 집착했다. 너를 기억하며 흰 깃털을 모았다. 잿빛의 깃털. 네 털 뭉치가 갈매기 깃털의 미묘한 색채와 얼마나 비슷한지 미처 몰랐었다. 보이는 세상의 광활함 속 어디에서 너를 찾아야 할지 모른 채, 나는 너를 날아가 버린 새로 변신시켰다.

근래의 어느 일요일, 나는 보이지 않는 이에게 어떤 신호를 달라고 매달렸다. 그 신호는 한 마리 죽은 새, 아버지의 기일에 그의 무덤에 가던 길에서 발견한 아름다웠을 죽은 괭이갈매기를 통해 왔다. 새와 고양이를 사랑했던 아버지.

아버지에게 가는 날 아침, 커다란 괭이갈매기가 전선에 감전되어 하늘에서 바닥으로 떨어졌다. 갈매기의 깃털은 네 털 뭉치의 모든 색채를 가지고 있었다. 보이지 않는 세상 너머로 날아가 버린 지 2년, 나는 네 생각을 깊이 했다. 나는 죽은 새를 길에 내버려 두기도, 쓰레기통에 버리기도 싫었다. 나와 친구는 조심스럽게 새를 들었다. 그러고는 자동차에 실어 바다로 갔다. 감전되어 죽은 새의 몸을 빌려서 마침내 나는 너에 대한 존중을 표할 수 있었다. 새에게 세상의 아름다움을 보여 주기 위해 바다로 데려갔다. 반짝이는 태양, 노래하는 종달새, 부드럽게 부서지는 파도. 내 친구는 커다란 새를 팔에 안고 물에 들어가서 파도에 새를 내려놓았다. 우리는 세상의 아름다움에 새를 돌려주었다. 우리는 새를 생각하며 떠나왔다. 너를 생각하며.

깃털, 넌 아주 다정한 이름을 가졌다. 우리가 입술을 동그랗게 만들어 발음하는 네 이름은 가벼운 입김 속에 사랑의 고백으로 끝이 난다. 깃털, 너를 너무나 사랑했다. 네 이름을 펼쳐진 내 손바닥 위에서 발음한다. 마치 하나의 깃털에 입김을 불어넣는 것처럼. 오, 내 사랑! 너는 갈매기의 날개로 세상을 날아다닌다. 나는 네게 하늘과 바다의 광활함을 돌려준다. 한 마리의 새처럼 가벼운. 그리고 죽은 너는 계속 살아간다, 내가 네 이름을 쓰기 때문에. PLUME. 깃털.

역자 후기

나의 깃털. 그녀와의 만남

한 고양이와 사람 사이의 사랑 이야기를 번역함으로써 더 많은 사랑을 번역할 수 있도록 해준 책공장더불어에 깊이 감사드립니다. 함께 토론하고 고민해 준 K에게도 고마움을 전합니다. 사랑하는 나의 고양이들, 이 세상의 모든 고양이들과 동물들을 생각합니다.

'깃털', 그녀를 처음 만난 것은 어느 뜨거웠던 여름, 나의 선생님, 나디아 세티를 통해서였다. 그녀는 영민하고 섬뜩한 사냥꾼, 매우 유혹적인 검은 고양이 레나와 살고 있다. 내 짧은 고해에, 그녀는 내게 이 책을 읽어보라고만 했다. 나는 서럽게 울었었다. 엘렌과 에리카가 나를 떠난 것은 2006년, 모든 것을 삼킬 듯 사납던 해가 매일 매일을 지배하던 6월과 7월이었다. '깃털'을 만나면서 생각했다. 언젠가, 아이들과 내 삶, 우리의 삶을 써보고 싶다고. 그 일의 조심스러운 시작으로, '깃털'과 클로드 앙스가리의 사랑, 그녀들의 친구와 어머니, 그녀들의 삶을 함께 나누고 싶었다. 증언하고 싶었다, 이 깊은 연대와 사랑을. 고맙다고 말하고도 싶었다.

어떤 의미에서 보면 번역은 불가능하다. 이 불가능한 일을 하는 동안 나는 '우리 일상의 증인'인 토토와 아망의 도움을 많이 받았다. 클로드의 욕망, 떠난 아이를 글을 통해서나마 조금이라도 삶에 불러오려는 그녀의 욕망, 그 욕망을 통해 나는 나의 욕망을 번역하고 있었다. 내 아이들과 함께. '깃털'과 클로드의 일상은 마치 우리의 일상을 보는 것과 같은 착각을 불러일으키곤 했다. 그만큼, 그녀들의 고통이 내 심장을 죄어 왔다. 그럴 때, 나는 내 책상을 거의 다 차지하고 램프 밑 빛 좋은 곳, 따스한 열기 아래 널브러진 아이들을 향해 손을 뻗었다. 사랑한다, 엘렌, 에리카. 사랑한다, 토토, 아망. 사랑해, 나의 '깃털'.

동물과 이야기하는 여자

SBS〈TV 동물농장〉에 출연해 화제가 되었던 애니멀 커뮤니케이터 리디아 히비가 20년간 동물들과 나눈 감동의 이야기. 병으로 고통받는 개, 안락사를 원하는 고양이 등과 대화를 통해 문제를 해결한다.

나비가 없는 세상

(어린이도서연구회에서 뽑은 어린이·청소년 책)
고양이 만화가 김은희 작가가 그려내는 한국 최고의 고양이 만화. 신디, 페르캉, 추새. 개성 강한 세 마리 고양이와 만화가의 달콤쌉싸래한 동거 이야기.

고양이 천국

(어린이도서연구회에서 뽑은 어린이·청소년 책)
고양이와 이별한 이들을 위한 그림책. 실컷 놀고 먹고, 자고 싶은 곳에서 잘 수 있는 곳. 그러다가 함께 살던 가족이 그리울 때면 잠시 다녀가는 고양이 천국의 모습을 그려냈다.

강아지 천국

반려견과 이별한 이들을 위한 그림책. 들판을 뛰놀다가 맛있는 것을 먹고 잠들 수 있는 곳에서 행복하게 지내다가 천국의 문 앞에서 사람 가족이 오기를 기다리는 무지개 다리 너머 반려견의 이야기.

펫로스 반려동물의 죽음 (아마존닷컴 올해의 책)

동물 호스피스 활동가 리타 레이놀즈가 들려주는 반려동물의 죽음과 무지개 다리 너머의 이야기. 펫로스(pet loss)란 반려동물을 잃은 반려인의 깊은 슬픔을 말한다.

인간과 개, 고양이의 관계심리학

함께 살면 개, 고양이와 반려인은 닮을까? 동물학대는 인간학대로 이어질까? 248가지 심리실험을 통해 알아보는 인간과 동물이 서로에게 미치는 영향에 관한 심리 해설서.

유기동물에 관한 슬픈 보고서

(환경부 선정 우수환경도서, 어린이도서연구회에서 뽑은 어린이·청소년 책, 한국간행물윤리위원회 좋은 책, 어린이문화진흥회 좋은 어린이책)
동물보호소에서 안락사를 기다리는 유기견, 유기묘의 모습을 사진으로 담았다. 인간에게 버려져 죽임을 당하는 그들의 모습을 통해 인간이 애써 외면하는 불편한 진실을 고발한다.

임신하면 왜 개, 고양이를 버릴까?

임신, 출산으로 반려동물을 버리는 나라는 한국이 유일하다. 세대 간 문화충돌, 무책임한 언론 등 임신, 육아로 반려동물을 버리는 사회현상에 대한 분석과 안전하게 임신, 육아 기간을 보내는 생활법을 소개한다.

개, 고양이 사료의 진실

미국에서 스테디셀러를 기록하고 있는 책으로 반려동물 사료에 대한 알려지지 않은 진실을 폭로한다. 2007년도 멜라민 사료 파동 취재까지 포함된 최신판이다.

개·고양이 자연주의 육아백과

세계적 홀리스틱 수의사 피케른의 개와 고양이를 위한 자연주의 육아백과. 40만 부 이상 팔린 베스트셀러로 반려인, 수의사의 필독서. 최상의 식단, 올바른 생활습관, 암, 신장염, 피부병 등 각종 병에 대한 세세한 대처법도 자세히 수록되어 있다.

후쿠시마에 남겨진 동물들

(미래창조과학부 선정 우수과학도서, 환경부 선정 우수환경도서, 환경정의 청소년 환경책 권장도서)
2011년 3월 11일, 대지진에 이은 원전 폭발로 사람들이 떠난 일본 후쿠시마. 다큐멘터리 사진작가가 담은 '죽음의 땅'에 남겨진 동물들의 슬픈 기록.

인간과 동물, 유대와 배신의 탄생
(환경부 선정 우수환경도서)
미국 최대의 동물보호단체 휴메인소사이어티 대표가 쓴 21세기 동물해방의 새로운 지침서. 농장동물, 산업화된 반려동물 산업, 실험동물, 야생동물 복원에 대한 허위 등 현대의 모든 동물학대에 대해 다루고 있다.

치료견 치로리 (어린이문화진흥회 좋은 어린이책)
비 오는 날 쓰레기장에 버려진 잡종개 치로리. 죽음 직전 구조된 치로리는 치료견이 되어 전신마비 환자를 일으키고, 은둔형 외톨이 소년을 치료하는 등 기적을 일으킨다.

용산 개 방실이 (어린이도서연구회에서 뽑은 어린이·청소년 책, 평화박물관 평화책)
용산에도 반려견을 키우며 일상을 살아가던 이웃이 살고 있었다. 용산 참사로 갑자기 아빠가 떠난 뒤 24일간 음식을 거부하고 스스로 아빠를 따라간 반려견 방실이 이야기.

개에게 인간은 친구일까?
인간에 의해 버려지고 착취당하고 고통받는 우리가 몰랐던 개 이야기. 다양한 방법으로 개를 구조하고 보살피는 사람들의 이야기가 그려진다.

개 피부병의 모든 것
홀리스틱 수의사인 저자는 상업사료의 열악한 영양과 과도한 약물사용을 피부병 증가의 원인으로 꼽는다. 제대로 된 피부병 예방법과 치료법을 제시한다.

개가 행복해지는 긍정교육
개의 심리와 행동학을 바탕으로 한 긍정 교육법으로 50만 부 이상 판매된 반려인의 필독서이다. 짖기, 물기, 대소변 가리기, 분리불안 등의 문제를 평화롭게 해결한다.

채식하는 사자 리틀타이크
(아침독서 추천도서, 교육방송 EBS〈지식채널e〉 방영)
육식동물인 사자 리틀타이크는 평생 피 냄새와 고기를 거부하고 채식 사자로 살며 개, 고양이, 양 등과 평화롭게 살았다. 종의 본능을 거부한 채식 사자의 9년간의 아름다운 삶의 기록.

햄스터
햄스터를 사랑한 수의사가 쓴 햄스터 행복·건강 교과서. 습성, 건강관리, 건강 식단 등 햄스터 돌보기 완벽 가이드.

똥으로 종이를 만드는 코끼리 아저씨
(환경부 선정 우수환경도서, 한국출판문화산업진흥원 청소년 권장도서, 서울시교육청 어린이도서관 여름방학 권장도서, 한국출판문화산업진흥원 청소년 북토큰 도서)
코끼리 똥으로 만든 재생종이 책. 코끼리 똥으로 종이와 책을 만들면서 사람과 코끼리가 평화롭게 살게 된 이야기를 코끼리 똥 종이에 그려냈다.

야생동물병원 24시
(어린이도서연구회에서 뽑은 어린이·청소년 책, 한국출판문화산업진흥원 청소년 북토큰 도서)
로드킬 당한 삵, 밀렵꾼의 총에 맞은 독수리, 건강을 되찾아 자연으로 돌아가는 너구리 등 대한민국 야생동물이 사람과 부대끼며 살아가는 슬프고도 아름다운 이야기.

고등학생의 국내 동물원 평가 보고서
인간이 만든 '도시의 야생동물 서식지' 동물원에서는 무슨 일이 일어나고 있나? 국내 9개 주요 동물원이 종보전, 동물복지 등 현대 동물원의 역할을 제대로 하고 있는지 평가했다.

동물원 동물은 행복할까?
(환경부 선정 우수환경도서, 학교도서관저널 추천도서)
동물원 북극곰은 야생에서 필요한 공간보다 100만 배, 코끼리는 1,000배 작은 공간에 갇혀 있다. 야생동물보호운동 활동가인 저자가 기록한 동물원에 갇힌 야생동물의 참혹한 삶.

동물 쇼의 웃음 쇼 동물의 눈물
(한국출판문화산업진흥원 청소년 권장도서, 한국출판문화산업진흥원 청소년 북토큰 도서)
동물 서커스와 전시, TV와 영화 속 동물 연기자, 투우, 투견, 경마 등 동물을 이용해서 돈을 버는 오락산업 속 고통받는 동물의 숨겨진 진실을 밝힌다.

깃털 떠난 고양이에게 쓰는 편지
Plume Lettre à un chat disparu

초판 1쇄 2015년 7월 23일

지은이 클로드 앙스가리
옮긴이 배지선
펴낸이 김보경

펴낸곳 책공장더불어
편 집 김보경
교 정 김수미

디자인 나디하 스튜디오(khj9490@naver.com)
인 쇄 정원문화인쇄

책공장더불어
주 소 서울시 종로구 혜화동 5-23
대표전화 (02)766-8406
팩 스 (02)766-8407
이메일 animalbook@naver.com
홈페이지 http://blog.naver.com/animalbook
출판등록 2004년 8월 26일 제300-2004-143호

ISBN 978-89-97137-16-9 (03860)